AF235852

Und stillet den Zorn. Weil man im Park auf eine alte Flieger-bombe gestoßen ist, sollen ausgerechnet die Bewohner eines Sterbehospizes evakuiert werden. Plötzlich wandelt sich der Ort würdevoller Abschiede zu einem seelenlosen Verschiebe-bahnhof für Todgeweihte auf der Flucht. Indem sie sich der grotesken Behördenanordnung widersetzen, gewähren uns Herr Schall und Frau Rauch kurze Momentaufnahmen des Wahnsinns, facettenreiche Sinnbilder für den ewigen Lebens-hunger des Herzens inmitten der Entfremdung. Schall fickt Kinder und verspricht sich Erlösung in der Hölle, Rauch hat ihren sechzehnjährigen Sohn „abgetrieben" und Krebs im End-stadium. Das Hördrama entführt als absurd-beklemmende Vi-sion in eine havelsche Welt, der die magischen Momente letzter Taten und Worte abhandengekommen sind. Dass sich Schall und Rauch am Ende in einem Akt zivilen Ungehorsams ihre private Nähe über das Mysterium der Imagination zurückho-len, verdanken sie ihrer anarchischen Lust beim Erfinden uto-pischer Geschichten - und dieser irre Spaß kann hier getrost als eine lebensverlängernde Maßnahme verstanden werden.

Das titelgebende Hörspiel *Und stillet den Zorn* wurde für diese Buchausgabe um zwei Kurzprosatexte des Autors ergänzt. *Mein Freund Muffin* und *Das Geheimnis der Wale* sind Shortstorys aus den Achtzigerjahren.

Thomas Herget wurde 1964 in Frankfurt am Main geboren. Neben seinem Studium in Darmstadt publizierte er für Zei-tungen im deutschsprachigen Raum. Es folgten literarische Förderpreise und Stipendien. Journalistische Tätigkeiten unter anderem für taz, Frankfurter Rundschau und Passauer Neue Presse. Heute verfasst er Film- und Theaterrezensionen, zeich-net für das Bühnen-Ressort eines Magazins verantwortlich und schreibt für Hörfunk und Theater. Er lebt in der Nähe von Kiel.

"Religion ist das, was die Armen davon abhält, die Reichen zu erschlagen" *Napoleon*

Thomas Herget

Und stillet den Zorn

Hörspiel und Kurzprosa

Das Hörspiel entstand im Januar und Februar 2022.
Die Erstausgabe erschien 2022 bei BoD - Books on Demand.
Alle Rechte vorbehalten, insbesondere das der akustischen
dramatisierten Inszenierung durch Rundfunkanstalten und das
des öffentlichen Vortrags, auch einzelner Abschnitte.
Diese Rechte sind nur vom Rechteinhaber zu erwerben.
Umschlagmotiv von Leandro De Carvalho.

Veröffentlicht als Paperback bei BoD, 2022.
Alle Rechte vorbehalten.
Copyrigt © 2022 Thomas Herget/Rechteinhaber.
Illustration und Gestaltung: Rhino Press.
Die Deutsche Nationalbibliothek verzeichnet diese Publikation
in der Deutschen Nationalbibliografie.
Detaillierte bibliografische Daten sind im Internet über
http://dnb.dnb.de abrufbar.
Herstellung und Verlag: BoD - Books on Demand, Norderstedt.
ISBN: 978-3-7543-1217-9

Inhalt

Und stillet den Zorn

Personen

SIE, *Rauch*
ER, *Schall*
FRAU VON SCHMUTZ
EIN FEUERWEHRMANN
FRAUENSTIMME EINER BANDANSAGE
MANN MIT MEGAFON

Soundschleifen, Geräusche und weitere Stimmen

Zeit, Ort und Anmerkungen

Heute. Im Wartezimmer zur Hölle. Oder bei ihr und ihm daheim. Vielleicht in einer Telefonsexagentur, der beim Relaunch ihrer Webpräsenz alle Drähte durchgebrannt sind. In jedem Fall: herabsetzende Geschäftspraktiken. Vielleicht also doch im Hörspielstudio einer Landesrundfunkanstalt? Oder in den Räumlichkeiten eines Unternehmens, das sein Geld mit der Überstellung von sehr schlechten Menschen verdient? Und wie sieht es mit dem Großraumbüro in einem überlasteten Amt aus? Die Vermutung würde die distinguierte Stimme von Frau von Schmutz, die anfangs noch vom Belobigungsstreben einer behördlichen Tätigkeit getragen scheint, erklären. Für eine geraume Zeit könnte dieses Hördrama überall spielen. Bis die räumliche Verortung in einem Sterbe-hospiz als gesichert gelten darf, verlaufen die Grenzen zwischen privatem Inszenierungswillen, beruflicher Pro-filierungssucht und den Tücken bei der Ausgestaltung der letzten Lebenstage ausgesprochen fließend. ‚Er‘ und ‚Sie‘, das sind Schall und Rauch. Keiner der Personen soll deklamieren oder vorgeben, dass das Gesagte nur der Zerstreuung in einem improvisierten Rollenspiel oder als lebensverlängernde Maßnahme zu dienen habe. Alles könnte wahr sein, weil am Ende des irdischen Daseins alles wahrhaftig erscheint. Das hereinbrechende Evakuie-rungsszenario darf als tumber Überwältigungsversuch mit Tschingderassabum aufgefasst werden, die übrigen Dialo-ge sollten ihren Charakter aus der subversiven Spielfreude der Figuren entwickeln. Bei allem surrealen Sprachwitz dürfen Eindrücke von Ironie oder Satire nur entstehen, wenn die sich aus dem Text selbst ergeben. Ausflüge ins absurde Theater dürfen nie „irreal“ ausfranzen, sondern an den behaupteten, also möglicherweise realen Biogra-fien des Personals entlanglaufen. Immer sind es konkrete Wünsche, die zum Ausdruck kommen. Ich denke mir die meisten Szenen von einer großen Intimität, die Stimmen treten ganz nah heran, klingen, als ab jemand einem et-was ins Ohr sagen würde.

*Telefonklingeln. Sie räuspert sich, während ein Head-
set aufgesetzt und der Anruf entgegengenommen wird.*

SIE Ja?
Schweigen.
SIE *nachdrücklich* Hallo?
Schweigen.
SIE Warten Sie, ich mach mal den Lautsprecher an.
Macht es. Wenn Sie nicht reden, dann muss ich mir
den Bienenkorb auch nicht über den Kopf stülpen.
*Schweigen. Das Headset wird abgesetzt. Leises Hüs-
teln aus dem Lautsprecher.*
SIE *besorgt* Sie können doch sprechen? Oder haben
Sie einen Sprachfehler?
*Man hört aus dem Lautsprecher, wie leere Flaschen
und Gläser abgeräumt werden. Geräusche wie bei einer
kleineren Entsorgungsaktion aus der Küche. Erneutes
Hüsteln und Krächzen, ein gedämpftes Schluchzen.
Eine Flasche wird entkorkt. Der Mann, nachfolgend
‚Er' genannt, schnieft noch einmal.*
ER Ich - *Er stockt.*
SIE Ja?

ER Ich ficke Kinder.

SIE Das sagen sie jetzt alle. Haben wir schon Frühling?

ER Mai.

SIE Das sehen Sie's. Der Sterbemonat. *Erschrocken, über sich selbst.* Also nein, verstehen tu ich's nicht.

ER Ich gebe mich ihnen hin.

SIE Da sind Sie hier falsch. Mit dieser Hingabe. Warten Sie, ich verbinde Sie mal mit dem Fegefeuer, das ist die neutrale Anlaufstelle.

ER Fegefeuer? Wollen Sie mich umbringen?

SIE Dort wird man Ihnen helfen. *Sie drückt irgendwelche Tasten. Ein Klingelzeichen, dann die Fahrstuhlmusik in einer Warteschleife.* Sie wollen doch, dass man Ihnen hilft?

ER Eigentlich -

SIE - Sehen Sie.

ER Eigentlich hatte ich mich bereits arrangiert. Mit dem Schlimmsten.

SIE Sie meinen: einen Pakt.

ER Ein Agreement unter Jämmerlichen.

SIE Sie bedauernswerter Tropf. Warten Sie, bis Sie Ihren ersten Termin hatten.

ER Es schwitzt sich raus, meinen Sie?

Sie schweigt. Beide lauschen der Warteschleifenmusik, die nicht enden will.

SIE *enerviert* Die arbeiten wirklich alle am An-

14

schlag. Nach dem Missbrauchsskandal in der katholischen Kirche wissen die Kolleginnen nicht mehr, wo ihnen der Kopf steht. Sämtliche Betbrüder wurden ursprünglich in den Himmel durchgewunken. Bis Gott den Schwindel bemerkte und einen Riegel vorschob.

ER Hören Sie, ich möchte keinesfalls mit diesen Pfaffen ins Fegefeuer. Nicht einmal im Wartezimmer möchte ich denen begegnen.

SIE Wer will das schon? Es ist bloß so: Jeder Raubmörder hält sich mittlerweile für was Besseres als diese -

ER Rosettenhengste.

SIE Deshalb haben wir ja den Bearbeitungsstau, ein Gedränge wie auf dem Flughafen von Kabul, es ist zum Junge-Hunde-Kriegen: Verzögerungen, Einsprüche, Vergleiche! - *Durch den Soundteppich dringt das Knacken der Telefonleitung, danach ist nur die Frauenstimme der Bandansage zu hören -*

FRAUENSTIMME Leider sind im Augenblick alle Leitungen belegt. Bitte hinterlassen Sie nach dem Signalton eine Nachricht mit Ihrem Namen und Ihrer Telefonnummer. Wir rufen Sie baldmöglichst zurück. Wir wünschen Ihnen einen schönen Tag.

Anschließender Signalton.

SIE Da hören Sie's. So geht das die letzten Wochen.

ER Kann man die nicht umleiten? Es muss ja nicht

gleich der Himmel sein.

SIE Na, Sie sind mir vielleicht ein Schlawiner. Wo wollen Sie die denn parken? Nach solchen Verfehlungen? Neulich erst hagelte es wieder Proteste, weil das Jüngste Gericht Gnade vor Recht ergehen ließ. Der Böll unterzeichnet die Petitionen bereits wie Blankoschecks. Neulich hat ihm der alten Pius beim Wolkenreiten gerade wieder die Vorfahrt genommen. Alte Nazi-Päpste gegen progressive Friedensmarschierer, schon mal von gehört? Das sind hochsensible Kollegen, kann ich Ihnen sagen, die haben den Gulag überlebt und sprechen gleich bei den Stiftungen vor, die sie lobbyieren. Der Augstein und der Springer kriegen sich vor Lachen kaum mehr ein. Der Augstein soll endgültig dem Fusel verfallen sein, und der Springer hat vom ersten Tag an einen Aufnahmestopp von jungen Palästinensern durchgedrückt, weil er beim Genozid an den Juden um seine himmlische Ruhe fürchtet. Ich erzähl Ihnen das hier mal vertraulich, Off the Record sozusagen, aber Sie müssen mir schon versprechen, dass Sie sich nicht verplappern, wenn sie oben angekommen sind.

ER Oben?

SIE Dann eben unten. Meinetwegen unten. Alles eine Frage der Perspektive, wenn Sie sich mal auf den Kopf stellen wollen. Haben Sie gewusst, dass sich der Grass und der Reich-Ranicki versöhnt haben?

16

ER Ausgeschlossen.

SIE Der Grass soll über einer ukrainischen Fortsetzung der „Blechtrommel" brüten, und der Reich-Ranicki hat versprochen, den Roman über den grünen Klee zu loben. Ungelesen. Schon um dem Walser eins auszuwischen.

ER Aber der Walser lebt doch noch!

SIE Das sagen *Sie*.

ER Das sagt sein Verlag.

SIE Er hat hier Besuchsrecht, worüber ich nicht reden darf. Mehr tot als lebendig sozusagen. Als Grenzgänger ist er gewissermaßen sein eigener Geist. Muss ich Ihnen das erklären? Nein, muss ich nicht. Ich weiß auch nicht, warum ich uferlose Interna ausplaudern sollte. Haben Sie nicht gesagt, dass Sie Kinder ficken? Hinterher bekommt man doch nur wieder einen Strick daraus gedreht, wenn man zu gastfreundlich wird. Oder Knüppel zwischen die Beine geworfen. Weil man keine zwanzig mehr ist. Oder den Dienst nach Vorschrift im Grunde als reine Quotenerfüllung empfindet. Tun Ihnen die Kinder, die Sie da ficken, eigentlich leid? Ich frag nicht aus Interesse, Ihre Beweggründe sind mir im Grunde schnurzpiepegal, aber mein Chef fordert pausenlos externe Unterlagen an. Wegen des Missbrauchs. Können Sie sich ja denken.

ER Ich pflücke sie mir. Erst den einen, den nächsten dann an einem anderen Tag. In Abständen, die Reihenfolge tut nichts zur Sache. Dazwischen vergehen die Wochen. Es ist ein Vergehen zwischen den Vergehen. Ein Verglühen dem Anschein nach, das die Seele besänftigen soll. Bis ein anderer Knabe Aufmerksamkeit einfordert, so ein Kind, das noch Kind genannt werden darf, da es der Zuwendung bedarf. Ein Bengel, der im Lichte steht, wenn er hinter die Fichte geführt wird, wo das Laub nun von seinem Aste geschüttelt wird, dass die Wälder rauschen in allen Lauschern. Es ist so ein Drang.

SIE Dann sind es Buben?

ER Manche leuchten, wenn man in ihnen liest. In ihren Gesichter, wenn Sie verstehen, was ich meine. Kontemplation beschreibt ja bloß das Füllhorn nicht erzählter Geschichten. Einkehr und Versenkung aber finden nur in der knabenhaften Ausprägung zu wahrer Entfaltung. Im Innehalten schlägt die Unschuld wahre Kapriolen, darin liegt der Reiz des Verbotenen. Während des Nachhausewegs von der Schule. In der Straßenbahn. Nach zermürbenden Algebra-Stunden am Nachhilfewochenende. Erst wenn sie restlos bereit sind, die Ketten der Pflichtschuldigkeit zu sprengen, können sie frei sein. Und ich mit ihnen. Für eine Stunde wenigstens. Es ist ein enges Zeitfenster, dessen ich mir durchaus bewusst bin. Aber in dieser Spanne ist alles möglich, verstehen Sie? Hopp

18

oder top! Ich nenne sie die ‚weiße Stunde‘, weil sie ein einziges Rauschen in meinen Ohren ist.

SIE Das ist krank, Sie wissen das. Komplett krank. Warten Sie, ich versuche es noch einmal im Fegefeuer. *Erneutes Drücken von Knöpfen. Die bekannt leise, einlullende Musik als Endlosschleife, während nun er es ist, der weiterredet -*

ER Die Farben sind schon angemischt in meiner Fantasie, die kippe ich jetzt auf diese Leinwand, die in Wahrheit nur eine weiße Wand von vielen weißen Wänden ist. Eine Stunde in diesem weißen Haus.

SIE Sie sind ein ziemlich schlechter Mensch, ein richtiger Kinderficker, das sind Sie, hat Ihnen das mal jemand gesagt?

ER Wie denn, man ist ja so allein in seinem Drang. In dieser weißen Welt, die ständig übermalt werden will mit so einer wilden Buntheit. Eingemauert wie in einem Kalkwerk. Zuweilen ziehe ich die schwarzen Vorhänge zu, um nicht auf die abgebrochenen Äste blicken zu müssen. Die haben die Herbststürme zu einer stattlichen Hecke anwachsen lassen. Dort draußen also sind sie abgelegt, die Jahre, die sich zu einem Menschenleben aufgetürmt haben. Zu einem schändlichen.

SIE Ja, so eine Drecksau!

ER Sie sagen es.

Erneut drängt heftiges Leitungsknacken den Sound-

teppich in den Hintergrund, nachfolgend die Frauen-
stimme der Bandansage -

FRAUENSTIMME Vielen Dank für Ihren Anruf. Zurzeit ist unser Büro geschlossen. Sie können uns auch keine Nachricht hinterlassen. Bitte melden Sie sich nach den Pfingstfeiertagen bei uns. Vielleicht stehen wir Ihnen dann wieder persönlich zur Verfügung. Besten Dank. Kommen Sie gesund durch den Sommer.

SIE Wenn ich nicht beruflich dazu genötigt wäre, Typen wie ihresgleichen in moralischer Hinsicht auf den Zahn zu fühlen, ich würde jetzt glatt alles hinwerfen. Das Headset. Den Job. Alles. Im Grunde ist das hier reine Zeitverschwendung.

ER Wem sagen Sie das.

SIE Einfach ekelerregend. Was sagt denn Ihre Frau dazu? Sie haben doch eine Frau?

ER Sie ahnt nichts von den Anomalien.

SIE Vielleicht erzählt Sie Ihnen auch nichts von ihren Ahnungen.

ER Sie glaubt, ich bin arbeitslos.

SIE Und? Sind Sie's?

ER Ich bin Millionär.

SIE Genau genommen hören Sie sich an wie ein Heiratsschwindler. Türkisfarbenes Einstecktuch, goldenes Armkettchen und ein paar ungarische Jacketkronen im Mund, wollen wir wetten?

ER Kennen Sie die Börse in Chicago?

SIE Machen Sie Witze?

ER Ich hab auf Weizen gesetzt. Von Anfang an. Nie auf Mais oder Soja, die anderen Sauereien. Ehrenwort.

SIE Schmutzige Fonds?

ER Ich mag Lebensmittel.

SIE Sie verdienen an deren Verknappung. Dem Mangel.

ER Weil ich keine Rohstoffe mag. Weil ich nicht daran glaube, dass sich das Spekulationskapital jedes Jahr um das vierzigfache erhöht. Setz alles auf Metalle und Öl, haben sie mir gesagt, aber dann sind sie abgeschmiert mit ihren Wetten, weil das Zeug eben nicht unendlich ist. Jedenfalls nicht unendlich wie die menschliche Gier.

SIE Aber Sie sind für brennende Autos, Barrikaden und Plünderungen verantwortlich.

ER Es ist eine Wut, die aus leeren Mägen kommt, sehr richtig.

SIE Und die befeuern Sie?

ER Gewettet wird auf steigende Preise. Der Rest interessiert mich nicht.

SIE Auch wenn diese Nahrungsmittel auf dem Weltmarkt jetzt kaum mehr zu bezahlen sind?

ER Dann interessiert mich das immer noch nicht.

SIE Sie sind ein schlechter Mensch. Sagt das auch

Ihre Frau?

ER Meine Frau sagt, ich bin eine arme Sau.

SIE Sie weiß eben nichts von ihren Millionen. Und den Kindern.

ER Sie glaubt, ich hätte meinen Job wegen der Krankheit verloren. Den Rechnungsprüfer. Wegen der Schrumpfleber.

SIE Auweia.

ER Mach dich nützlich, sagt sie. Wenn andere sich für deine Stütze schon krummlegen müssen.

SIE Da hat sie recht, Ihre Frau.

ER Ich beziehe überhaupt keine Stütze. Ich bin ja Millionär.

SIE Da haben *Sie* wiederum recht.

ER Sie hat mir dann diese Suppenküche aufgedrückt, untergejubelt, könnte man sagen. Seither schwinge ich pflichtschuldig die Schöpfkelle bei der Armenspeisung. Die Ukrainer kriegen immer einen Nachschlag, weil sie nicht so auf die Tränendrüse drücken. Ich denke, meiner Frau gefällt das, die steigt mir ja heimlich nach, weil sie glaubt, ich versauf die Stütze.

SIE Und? Versaufen Sie Ihre Millionen?

ER Wollen Sie meine Leber sehen? Die ist mittlerweile auf die Größe einer Walnuss geschrumpft. Jede Portion Tiramisu könnte den Tod bedeuten.

SIE Sagt das Ihr Arzt?

ER Mein Arzt sagt nichts. Er schaut mich auch nicht mehr an. Blickt mir gewiss nicht in die Augen. Er senkt seinen Kopf und sagt, er schaue dem Tod ungern ins Gesicht.

SIE Sie müssen sehr einsam sein.

ER Das ist der Preis für all die Schlechtigkeiten. Die Kinder, der Hunger. Sie sehen mich mit heruntergelassenen Hosen. Der schäbigste Lump sollte sich das nicht anhören müssen. Ich wüsste niemanden, der in Ihrer Haut stecken sollte. Bei den Heimtücken, die Sie pausenlos anspringen. Den Arglistigkeiten, die Sie ausnahmslos archivieren müssen für Ihren Boss, für die Ewigkeit genau genommen, wenn ich das jetzt mal kalauernd anführen darf.

SIE Ihr Mitleid klingt vergiftet. Aber ich kann Sie gut verstehen. Wer würde in Ihrer Situation nicht alles dafür tun, ein böser Mensch zu werden, nur um im Höllenfeuer errettet zu werden? Aktenkundig gewissermaßen und von jeder Drangsal befreit. Aber musste es gleich was mit Kindern sein?

ER Ich - *Er stockt.*

SIE *argwöhnisch* Was jetzt? Läuft da noch was mit Tieren? Raus damit! Den Fall hatte ich erst letzte Woche.

ER *kleinlaut* Ich ficke sie mit den Augen. Die Kinder.

SIE *fassungslos* Nee, jetzt.

ER Aber es ist der komplette Missbrauch. Von A bis Z. Ehrenwort.

SIE Sie haben mich angelogen. Die ganze Zeit. Mit den Augen. Pah, dass ich nicht lache!

ER *verständnislos* Aber - aber das muss Sie doch aufwühlen, wenn einem Mann der Missbrauch derart in den Kleidern steckt, dass ihn alle riechen können. *Er schnüffelt an sich.* Wenn es einem buchstäblich anfasst. Wenn ich also ein Kind schlankweg dort anfasse, wo man ein Kind einfach nicht anzufassen hat. Nicht in Gedanken, nicht einmal in Träumen. Wenn man anschließend ein reines Gewissen haben möchte.

SIE Das ist das Problem.

ER Das Gewissen?

SIE Sie haben eins. Wo die Schändlichkeit sitzen müsste, hat sich bei Ihnen ein Gewissen eingenistet. Eingefressen könnte man sagen. Es ist jetzt Teil Ihrer DNA.

ER Wie bei Nicolas Cage in „Wild at Heart"?

SIE Ihr Gewissen macht Sie jedenfalls zu keinen schlechten Menschen.

ER Ich fühl mich aber so.

SIE Gefühle tun hier nichts zur Sache, die können Sie sich sonst wohin stecken, die gehören nicht zu unserem Anforderungsprofil. Sie hätten zumindest Spaß haben müssen, wenn Sie schon was mit Kindern anfangen. Stattdessen grübeln Sie bloß darüber, was Sie zu einem schlechten Menschen machen könnte, beim Nachgeben dieses - *Sie sucht das Wort.*

ER - Drangs.

SIE Der als Kriterium nicht ausreicht. Nicht an diesem Ort. Dieser Drang, wie Sie es nennen, das werden Sie doch verstehen? Natürlich, ich kann eine Notiz hinterlegen. Einen ergänzenden Verweis, der aber noch kein Gesuch darstellt. Mache ich gerne. Für die spätere Bearbeitung. Hat sich alles schon bezahlt gemacht. Kennen Sie unser patentiertes Nachrückverfahren? Wir sind wirklich keine Unmenschen.

ER Vermerken Sie dort auch, dass ich ein Herz habe? In dieser Aktennotiz?

SIE Klaro, wenn Sie das wollen.

ER Sind wir schon so weit, dass Sie mir ein wahrhaftiges Herz unterjubeln wollen?

SIE Hoppla, *Sie* haben mich darum gebeten, jetzt werden Sie mal nicht pampig! Für Herzensangelegenheiten ist eine andere Abteilung zuständig. Unsere Herzdame auf der Fünf, ein Stockwerk unter mir. Soll ich Sie dorthin verbinden? Ich dachte, Sie wollten in die Hölle. Aber bitte, der Himmel soll schließlich auch seine amüsanten Momente haben, wenn einem nicht gerade der Grass über den Weg läuft. Nach Anwerbestopp und Kirchendesaster stehen aktuell auch wieder ausreichend Plätze zur Verfügung, ich treffe die Kollegin häufig in der Kantine. Nette Frau. Andererseits ist das natürlich ein kümmerlicher Ort, so ein piefiges Paradies, in dem jeder bigotte Steuerhinterzieher eine Kleinganovenkarriere starten kann. *Sie gähnt gelangweilt.* Da kann man auch gleich am Leben bleiben.

ER Aber ich hab sie totgefickt, diese Mäuse!

SIE Mit den Augen, ja. Vergessen Sie das nicht.

ER *nachdrücklich* Sie reden mit einem Dreckspatzen! Dieser Dreckspatz hier am Telefon hatte Sex mit ihren Seelen.

SIE Denken Sie an Ihr Gewissen. Nur das zählt. Sie haben eins.

ER Kinderseelen, hören Sie? Gebrochen und dann auf den Müll geworfen. Da hilft es nichts, wenn Sie mir die himmlische Kantinenkollegin ans Herz legen. An ein Herz, das ich in dieser Form nicht habe, ach du grüne Neune, greifen Sie sich mal an den Kopp!

Aus dem Hintergrund Telefonklingeln, unterdrückt. Sie atmet tief durch, dann konziliant weiter.

SIE Gütiger Gott, Sie müssten sich mal reden hören. Es klingt so rührend. Wie bei den chronischen Bettnässern, die ich ständig an der Strippe habe, gestandene Familienväter mit Pingpongbällen im Hintern und einem Faible für Stilettos und Frauenkleider. Die hartnäckigen Fälle glauben sogar, sie seien als Boing 747 auf die Welt gekommen, andere wiederum haben ihre Körper zu imponierenden Chemie- und Metallbaukästen umfunktioniert. Säuren. Geburtszangen. Solche Dinge. Hören Sie das Klingeln? *Sie hören.* Die Warteschleife. Leute wie Sie genaugenommen. Das ewige Geschacher um die besten Plätze kennt keine Pausenzeiten. Beschwerden. Wartelisten. Wiederaufnahmen. Verfahrensfehler. Das ist mein Aufgabenbereich, Heavy Rotation an der Pforte zu Marter und Pein. Dazwischen pudern, windeln und Schnuller einführen. Opa glaubt, er bekommt Kredit für solche Sauereien, er denkt, ich würde ein gutes Wort für ihn einlegen. Beim Chef. Bevor sie den Arsch zukneifen, werden die Alten sentimental, alter Schwede, richtig trickreich sind diese Stinker, da können Sie einen drauf lassen! Tja, jetzt kommen Sie mit Ihren augengefickten Kindern. Darf ich Ihnen die Wahrheit sagen? Ihre Geschichte steht bei uns ziemlich am Ende der Nahrungskette.

ER Sie haben eine schöne Stimme. Mentholzigaretten?

SIE Ich lege jetzt auf.

ER *erschrocken* Warten Sie. Bitte.

SIE *unmissverständlich* Dann keine uferlosen Komplimente mehr.

ER Die waren für das Timbre. Das warme.

SIE Branntwein. Gegen Menthol bin ich allergisch. Und Namen sind tabu. Ein für alle Mal!

ER Steht das in Ihrem Codex?

SIE *ernüchtert* Am Ende wollen sie bloß wissen, wie man heißt. Die Alten wie die Jungen.

ER Nachts ist der Mensch nicht gern alleine.

SIE Was zählt, sind Namen. Ziemlich aufdringlich können die werden. Ist wohl ne Masche, von der sie sich Absolution versprechen: Ich bin Herr Soundso, wie heißen Sie? Wenn Sie befreit werden wollen, sag ich, sollten Sie ins Wasser gehen, bei mir sind Sie falsch. Gaaanz falsch! Hier spricht der Schlund der Verdamnis! Okay, ich bin jetzt nur das Vorzimmer, aber immerhin. *Kurze Pause, in der sie sich wieder fängt.* Was ist mit Ihnen, suchen Sie Absolution?

ER Ich suche Erlösung.

SIE Warum schleppen Sie sich dann nicht in die Kirche? Die Erlösung scheut mein Chef wie sonst nur das Weihwasser. Die bringt uns alle in Teufels Küche, sagt er.

ER Gerade dort will ich hin.

SIE Malen Sie nicht gleich den Teufel an die Wand.

ER Den Teufel werde ich tun. Hat der nicht den Schnaps gebrannt?

SIE Ach, scheren Sie sich - *Sie sucht das Wort.*

ER *dazwischen* - zum Teufel.

SIE Teufel noch mal, ich weiß überhaupt nicht, warum ich mit Ihnen rede.

ER Weil - weil Sie mich zum Teufel wünschen?

SIE Keine Namen, sagt mein Chef. Nichts Privates. Darin ist er konsequent! Wenn Gefühle ins Spiel kommen, können wir den Teufel gleich mit dem Beelzebub austreiben.

ER So soll mich der Teufel holen!

SIE Da können Sie lange drauf warten. Fräulein Charlotte, sagt der Chef, sie existieren nur durch Ihre Stimme, merken Sie sich das. Kein Unterleib, kein gar nichts. Nur Menthol und Tabak. Erinnern Sie sich? Ihre Worte.

ER *triumphierend* Oje, jetzt haben Sie sich aber verraten!

SIE *wird sich langsam ihrer Gedankenlosigkeit gewahr* Gottverdammt, ich muss den Teufel im Leib haben. *In ihrem Groll nimmt sie den Anruf eines klingelnden Warteschleifen-Telefons entgegen, streitbar und herausgefordert -*

SIE Falsch verbunden! *Sie kappt die Verbindung.*

ER Da hatte wohl der Teufel seine Hand im Spiel.

SIE *atmet tief durch, gefasster* Bilden Sie sich mal nichts drauf ein. Namen sind bloß Schall und Rauch.

ER *überlegt* Schall und Rauch klingen gut. *Voller Überzeugung* Darf ich Sie zukünftig Rauch nennen? *Pause, bittend* Kommen Sie! Gönnen Sie sich den Spaß.

29

SIE In drei Teufels Namen. Ist ja nur für die Ewigkeit.

ER *kann es kaum fassen* Frau Rauch. Ich freu mich wie Bolle.

SIE Auf was denn?

ER Dass Sie mich Schall nennen. Jetzt augenblicklich.

SIE Noch was, Herr Schall?

ER *lapidar, zufrieden* Nö.

SIE Dann wünsche ich Ihnen noch einen schönen Abend, Schall.

ER *flapsig, heiter* Scheren Sie sich zum Teufel, Rauch.

SIE Müsste mit dem Teufel zugehen, wenn nicht.

ER Leben Sie wohl -

Er will auflegen, ihr ist noch etwas eingefallen.

SIE Warten Sie! Schall, wollten Sie nicht mit dem Himmel verbunden werden?

ER Der Himmel kann warten, der kann mich mal, diese Kirmes der Glückseligen! Den lieben langen Tag mit Greta Thunberg auf einer Wolke sitzen und mit deren Leuten über den ökologischen Umbau des Garten Eden streiten? Gott behüte! Bestimmt haben die sich im Jenseits schon die besten Parzellen für ihre Lehmhäuser unter die Nägel gerissen und Gott zu strikter Klimaneutralität verpflichtet.

SIE Aber Sie haben im Grunde keine Wahl. Befragen Sie Ihr Herz. Schall, ich könnte Ihnen immerhin bessere Konditionen einräumen, jetzt, wo wir uns mit richtigen Namen ansprechen.

ER Die Schall und Rauch sind.

SIE Nicht ganz. Es gibt Reservate. Für Eremiten -

ER *dazwischen* - Sagt das die Kantinenfreundin? -

SIE *schmallippig, leise weiter* - für Sonderlinge wie Sie.

ER *leicht aufgebracht* Habeck statt Thunberg also. Den meint Ihre Tussi doch? Und mit so einer gehen Sie essen? Was ist, soll ich mich jetzt freuen? Darüber, dass ich mich mit Habeck bis in alle Ewigkeit in einem Reservat langweilen soll?

SIE Es ist ein Kompromiss.

ER Das ganze Leben ist ein Kompromiss. Deshalb gibt man es auf. Um keine Kompromisse mehr eingehen zu müssen. Bislang waren Tod und Gehenna keine schlechten Alternativen zum irdischen Dasein. Kein Habeck. Keine Reservate. Kein Kuhhandel. Was ist mit Ihnen, kommen Sie mit?

SIE Wohin?

ER Wohin Sie wollen. Meinetwegen in den Himmel.

SIE Muss ich wohl. Eigentlich bleibt mir nichts anderes übrig.

ER *bestürzt* Wieso das denn? *Affektiert* Hallo! Ich habe einen Witz gemacht! Meine Güte, Sie sollten nicht alles auf die Goldwaage legen. Den Himmel gleich gar nicht.

SIE Mein Chef hält mich für ein wohlanständiges Fräulein. Beispiellos geheiligt. Jedenfalls nicht tadelnswert. Zu viel Herz. Zu viel von allem. Sie wissen schon.

ER *etwas fassungslos* Sie sitzen in dieser - *Er sucht das Wort.*

SIE - Prüfstelle für Gesinnungsbescheide, sehr richtig.

ER Sie brüten also in diesem Amt über einem - *Sucht das Wort.*

SIE - Sündenregister -

ER - Sie ersticken demnach unter einem Papierhaufen aus Sünden und haben keinen Fuß in der Türe? In der Pforte zum blubbernden Inferno? Rauch, wie sind Sie eigentlich zu diesem höllischen Job gekommen, wenn nicht durch etwaige niederträchtige Taten?

SIE Freiwilliges soziales Jahr. Dann Umschulung. In unserem Treppenhaus mieft es kein bisschen nach Leichen und Schwefeldampf, was soll ich sagen, gerade riecht es lecker nach Pichelsteiner Eintopf.

ER Aber der Teufel läuft sicher umher wie ein brüllender Löwe und sucht, wen er verschlingen kann.

SIE Neues Testament. Trotzdem falsch. Gekocht wird auf Sparflamme. Der Chef legt sich eigentlich nur noch aus Marketinggesichtspunkten in die Eistonne und liest seinen Dante. Kennen Sie Dante? Der ließ den Teufel einst einfrieren. Und zwar nicht bis zur Hüfte, sondern bis zur Brust. Den sollten Sie jetzt mal sehen in seiner Bewegungslosigkeit.

ER Am Anfang war das Plasma.

SIE Aber ob die Menschheit es nun durch Blitzeinschläge geschenkt bekam, es mit Holzstab und Zunder erzeugte oder es den Göttern stahl, ist nicht bekannt. Langsam habe ich Zweifel daran, dass das kontrollierte Feuer dem schwachen Zweibeiner die Welt erobern ließ. Hier wirkt gerade jeder nur müde und selbstzufrieden. Selbst der Chef lässt sich durch nichts mehr entzünden. Seitdem er diesem Idioten von Dante vertraut und für die japanischen Touristen die Hufe schwingt, wirkt er wie ein erloschener Vulkan. Neulich saß er in seiner Eistonne wie Thomas Müller nach einem verschossenen Elfmeter im Championsleague-Finale.

ER *fassungslos* Jesus, da wird es Zeit, wenn mal jemand ne höllische Revolution anzettelt. Wenn dieser Schlaffi nicht einmal Ihnen ein ewiges Bleiberecht bei sich daheim einräumen möchte - wem sonst?

SIE *nachdenklich* Es ist nur -

ER Ja?

SIE Ach, nichts.

ER Sie klingen wie ein Gespenst. Wissen Sie was,

ich komme jetzt rüber und heize Ihrem Boss mal ordentlich mit nem Molotowcocktail ein. Sagen Sie mir einfach die Adresse, dem Knilch sollte mal jemand gehörig die Leviten lesen.

SIE Auf Teufel komm raus, aber es ist zu spät, fürchte ich. Der Himmel ist das Ja des Menschen zum Angebot Gottes, die Ewigkeit mit ihm zu teilen. Sein Antrag ging mir letzte Woche per Einschreiben zu. Ich denke, ich unterschreib den jetzt. Es ist ja nur eine Formalität. Für eine Frau jedenfalls, die jeden Tag unter einem Berg von Gesuchen erstickt. So, jetzt dürfen Sie mich gerne bei meinem Chef verpfeifen.

ER Bitte tun Sie nichts Unüberlegtes! Die Hölle ermöglicht immerhin das Nein des Menschen zur Ewigkeit mit Gott. Zu seiner schwulen Bumsbude im Jenseits. Rauch, glauben Sie dieser Bibel nicht: Der Mensch kann sich selbst erlösen! Nur weil Gott den Menschen frei erschaffen hat, kann dieser auch sündigen. Er muss es sogar. Im Himmel sind zwar alle Heilige, aber sie sind nicht frei von Sünde, auch wenn sie es gerne glauben wollen. Sich dort von der Sünde reinzuwaschen ist kein großartiger Gnadenerweis, es ist die Folter eines sadistischen Gottes. Teilen Sie mit ihm nicht die Ewigkeit. Es gibt aus ihr kein Zurück. Niemals.

SIE *mit Kümmernis in der Stimme* Und wenn die

Ewigkeit nicht warten kann?

ER Setzen Sie um Himmels Willen alles daran, ein schlechter Mensch zu werden. Die Aufnahme ins Reich des Bösen sollte für Sie reine Formsache sein. Der kurze Dienstweg.

SIE Aber Sie klopft schon an die Türe.

ER Wer?

SIE Die Ewigkeit.

ER Dann setzen Sie sie auf die Warteliste. Lassen Sie sie schmoren. Bis in alle Ewigkeit. Amen. *Schmunzelnd* Wie Sie mich die ganze Zeit schmoren lassen. *Überlegt, dann griesgrämig* Was ist eigentlich in meinem Fall? Kommt es denn zu einer höllischen Wiederaufnahme? Es ist doch aktenkundig, das Vergehen? Rauch, ich habe Sie vorhin schreiben hören. Das stimmt doch? Lohnt am Ende der Gang durch brodelnde Instanzen? Durch endlose Revisionen? Oder zahlt es sich aus, einen faustischen Pakt zu schmieden?

SIE *ist bemüht, ihre zitternde Stimme zu kontrollieren.* Aber nehmen wir an, Sie müssten sterben. Sehr bald sogar. Nehmen wir an, Sie litten an einer unheilbaren Krankheit, die es Ihnen unmöglich machen würde, über Gebühr zu sündigen. Sie sprachen von Freiheit, lieber Schall. Aber Freiheiten treten wir ab, wenn wir den Löffel abgeben.

Er atmet, unter der Vorahnung, dass Sie ihm etwas

Trauriges gestehen will, tief durch. Redet dann fürsorglich weiter.

ER Wie lange?

SIE Wochen. Vielleicht.

ER Sagt er das, der Arzt?

SIE Die Metastasen haben im gesamten Körper Stellung bezogen. Sie sind beinahe überall. Nachts kann ich ihnen dabei zuhören, wie sie die eroberten Gebiete brutal unterwerfen. Wie Silvesterkracher explodieren die Krebszellen in den Organen, pengpeng! das Knochenmark pumpt die Munition sogleich an die Front. Die Lymphdrüsen sind wie Salatschleudern, die fackeln nicht lange.

ER *Mut verbreitend* Es gibt neue Behandlungsmethoden. Die Forschung steht nicht still. Geben Sie die Hoffnung nicht auf, Rauch, Sie müssen tapfer sein.

SIE Bullshit.

ER *nach einer Pause* Ich hatte einen Bekannten -

SIE *klarsichtig* Die Milliarden gehen für das Virus drauf. Oder die NATO. Krankenkassen sind Kriegskassen. Schall, werden Sie nicht albern, und verhöhnen Sie mich bitte nicht, die Krankheit hat kein sittliches Empfinden. Sie verdankt ihre reproduzierende Existenz einzig und allein der atomaren Zerstörungskraft. Dabei sollten wir es belassen. Ich habe Sie bislang klüger eingeschätzt, jedenfalls nicht sentimental.

ER *zermürbt* Ist es -

SIE *zuvorkommend* - Nein, es ist in Ordnung. Aber schön, dass Sie fragen. Jetzt bloß keine falsche Scham. Die Schmerzen sind wirklich auszuhalten, alles im grünen Bereich. Das Leid hält sich in Grenzen, wie man unter uns Siechenden so sagt. Wenn es pressiert, schießt er mit Morphin nach, hat mir der Arzt versprochen. Oh ja, das tut er. Der Goldstandard in der Schmerzbehandlung. Sie müssten mal die Kantinenkollegin sehen, jeder böhmische Hefekloß ist besser in Form als die, glaub ich. Dafür kommt Sie neuerdings tipptopp faltenfrei um die Ecke, das bleibt auf der Habenseite. Würde ich an dieser Sache nicht krepieren, ich könnte glatt einen Neustart als mondgesichtiger Drogenjunkie hinlegen.

ER Was ich vorhin über das Jenseits gesagt habe - *Er stockt.*

SIE Ja?

ER Vergessen Sie's.

SIE Ich bin nicht religiös. Wenn es Sie beruhigt. Ist mir schnuppe, wenn sie mich über die Friedhofsmauer werfen. Deshalb bin ich vor Jahrzehnten aus der Kirche ausgetreten. Mutter hat das immer verurteilt. Der Mensch muss glauben, hat sie gesagt, das Gebet ist die Tür aus dem Gefängnis unserer Ängste, da war sie streng in diesen Dingen. Auch mit sich selbst, als die Krankheit Stellung in ihr bezog und sie überwältigte mit vierzig, der gleiche Krebs, der sich in meinem Rumpf jetzt mit schweren Schrapnellen die Nachschubwege offen hält.

ER Mit einem Trommelfeuer fürs Trommelfell.

SIE Vierzig wurde meine Zahl. Als ich das Alter erreicht und meine Mutter an Lebenszeit überholt hatte, begann das Bangen. Alsdann übernahm das schlechte Gewissen den Kommandostand. Wie kann eine Tochter frohgemut alles Leben inhalieren, sogar im Müßiggang fortbestehen, während der Mutter solch ein Glück einst nicht vergönnt war? Muss ein solches Tochterleben, dem schlechten Gewissen folgend, nicht näher am Tod vor Anker gehen als am Leben selbst? Ein Tochterleben, das in Wahrheit ein sich nicht mehr zugestandenes Überleben ist, ein Vergehen im Verglimmen? Schall, Sie haben mir den Kopf gewaschen und die Flausen ausgetrieben. Als missratenes Menschkind habe ich schlechterdings noch jedes Recht verwirkt, im Nirwana auf einer Wolke über CO_2-Fußabdrücke zu quatschen. Mit dem arglosen Habeck und dieser verkorksten Schwedin. Gottes Einschreiben soll gewiss im Höllenfeuer seine ewige Ruhe finden.

ER Asche zu Asche?

SIE Bosheit und Heimtücke sind das Ziel, Diabolik und Ruchlosigkeit der Antrieb.

ER *triumphierend* So soll es sein! So hat es die vom Krebs zerschossene Rauch augenblicklich beschlossen!

SIE Die in ihren letzten Tagen derbe auf die Kacke haut -

ER - wenn sie sich als graue Tippse des Satans die knappe Freizeit mit kleinen Morden unter Nachbarn vertreibt.

SIE Einmal kriegt Gretas geschäftstüchtiger Papa einen Baseballschläger über den Kopf gebraten -

ER - und wird anschließend mit Steinen beschwert in der Trave versenkt.

SIE Dann findet Ursula von der Leyen ihren preisgekrönten Terrier an die Haustüre genagelt.

ER Immer mehr arme Seelen fahren auf Rauchs Geheiß hin so in den Himmel auf, wo sie in der Psychiatrie landen oder in Putins Russland -

SIE - Uschis Terrier das Futter wegfressen -

ER - und sich im Nachgang noch übel an dem Köter vergehen.

Schwacher Straßenlärm während der letzten Sätze, die Atmosphäre wird allerdings gespannter, als ein Fenster geöffnet wird und spitze Geräusche von Martinshörnern, an- und abfahrenden Schwerlastfahrzeugen, einem am Himmel kreisenden Helikopter und vereinzelte Rufe von Passanten in den Raum hallen. Schließen des Fensters, jetzt gedämpfte Geräuschkulisse, vor der sich nur eine männliche Megafonstimme überlaut abzeichnet. Ausdruck, Sprechweise und -tempo wirken hingegen wenig alarmistisch -

MANN MIT MEGAFON Achtung, der Hausschutz bittet dringend um Ihre Aufmerksamkeit. Uns wurde eine Gefahr gemeldet. Bleiben Sie in Ihrem Gebäude und schließen Sie sofort alle Fenster und Türen. Füttern Sie bitte keine Tiere im Park. Wir halten Sie über die regionalen Rundfunkanstalten auf dem Laufenden. Über mögliche Evakuierungsmaßnahmen informieren zeitnah Polizei und Feuerwehren.

SIE Nach nem Gewitter hört sich das nicht gerade an, ich denke, ich geh mal nach draußen. Sie bleiben am Apparat? *Jetzt jäh perplex und überrumpelt.* Nein, warten Sie, die Kollegin hat mir ein Zeichen gegeben, Frau von Schuld von der IT will offensichtlich etwas loswerden!

Das Headset wird unter konspirativem Flüstern übergeben. Knistern, Knacken und Rauschen.

FRAU VON SCHULD Schall, sind Sie das?

ER *verunsichert, räuspernd* Eigentlich darf nur Rauch mich so nennen.

FRAU VON SCHULD Machen Sie sich nicht in die Hose, Sie sind ja bereits hinterlegt. Als Schall. Im System.

ER Dann hat das System diesmal gewonnen.

FRAU VON SCHULD Es gewinnt immer. *Sie tippt.*

Ups, jetzt raten Sie mal, was es mir noch verrät, dieses Siegerteil?

ER Wird's spannend?

FRAU VON SCHULD Das Benutzerkonto ist ungültig, Ihre Mitgliedschaft hinüber, storniert sozusagen. Ein Wunder, dass wir Sie gefunden haben. Was sagen Sie nun?

ER Unmöglich. In diesem Fall greifen die Bonuspunkte. Fragen Sie Rauch. Ich hab doch Bonus?

FRAU VON SCHULD Nicht mehr. *Sie tippt.* Sie zahlen mit Karte?

ER Visa und Mastercard.

FRAU VON SCHULD Da haben wir's.

ER Was?

FRAU VON SCHULD Deren Lizenzen wurden ausgesetzt. Schon mal was von nem Angriff auf die Ukraine gehört? Von Sanktionen? Wundert mich nicht, wenn Sie als User nicht autorisiert sind.

ER Ja, aber -

FRAU VON SCHULD - Sehen Sie, so ein Krieg hat eben einen Preis, den wir Otto Normalverbraucher zu zahlen haben.

ER *protestiert* Aber der Beitrag wurde mir abgebucht. Monatlich. Sie haben mir sogar eine Broschüre über das Treuepunkteprogramm zukommen lassen.

FRAU VON SCHULD Wir waren das nicht.

ER Wer sonst?

FRAU VON SCHULD *flüsternd* Der Russe. *Verschwörerisch* Er steht bereits vor der Tür.

ER Moment. *Er legt den Hörer hin, geht zur Tür. Sie will ihn noch warnen -*

FRAU VON SCHULD *lauter* Nein! Bleiben Sie! *Während seine Schritte langsam verklingen, atmet sie resigniert durch, dann leise seufzend, zu sich selbst* Himmelkruzitürken.

Öffnen einer Türe im Hintergrund. Man hört ihn etwas aufsammeln, nachfolgend die Türe schließen. Beim Zurückschlurfen lässt er einen Packen Papier auf den Tisch plumpsen, greift erneut zum Hörer.

ER Werbung. Die Prospekte der Supermärkte. Dienstag.

FRAU VON SCHULD Wie ausgeschlafen der Russe nach zwanzig Jahren doch ist. Seit seine Panzer bei den Straßenkämpfen von Grosny zu einem leichten Ziel geworden sind, lässt sich der Russki kaum noch foppen. Nicht von den Tschetschenen, nicht von uns.

ER Aber die Supermärkte kommen immer dienstags.

FRAU VON SCHULD Natürlich kommen sie dienstags. Das ist ja das Wesen der Tarnung. Die leisen Sohlen. Schwere Demütigungen haben den Iwan seit jeher erfinderisch gemacht.

ER Meinen Sie?

FRAU VON SCHULD Verehrter Schall, Sie haben sich bereits bei Visa und Mastercard auf äußerst demütigende, beinahe primitive Art und Weise abkochen lassen. Eine gutgläubige Seele wie Sie ist mir selten begegnet. *Sie tippt.* Na, immerhin haben Sie studiert. *Sie tippt.* An der gleichen Universität wie Rauch, haben Sie das gewusst? Aber das Balg, das werden Sie der hoffentlich nicht gemacht haben, oder?

ER Was für ein Balg? Sind Sie verrückt?

FRAU VON SCHULD Leutselig wäre das passende Wort. Hören Sie, ich bin als Administratorin überhaupt nicht dazu verpflichtet, Sie in Kenntnis zu setzen. Im Grunde mache ich alles aus freien Stücken. Aus Barmherzigkeit, könnte man sagen, denn Ihr Aufenthaltsstatus in unserem Haus steht auf tönernen Füßen, was mir unmissverständlich der Login in unser Netzwerk bestätigt, von dem Sie halten mögen, was sie wollen, das uns aber durch so manche sterbensarme Krisenzeit bugsiert hat. *Sie tippt.* Hier steht beispielsweise, dass Ihre Eignung für den Eintritt ins Höllenfeuer weiterer Prüfungen bedarf. Ohne Liquiditätsnachweise sind solche Vorleistungen unsererseits kaum zu erbringen, wie Sie sicher verstehen werden. *Sie tippt.* Es liegt in Ihren Händen. Sie müssen mir nur sagen, ob ich Sie weiterhin priorisieren soll. Ein Klick und alles ist erledigt. Gelöscht sozusagen. Als hätte es Sie nie gegeben.

ER *verängstigt* Hören Sie!

FRAU VON SCHULD Ja.

ER Nicht löschen, bitte! Alles, nur nicht löschen.

FRAU VON SCHULD Es wäre nicht das erste Mal, dass jemand vom Glauben abfällt. Kein Grund, sich zu schämen. Letztlich besteht der Mensch ohnehin nur aus Daten. Aus Binärcodes.

ER Machen Sie sich keine Sorgen. Hier fällt nichts ab.

Sie tippt. Unterbricht kurz, um sich eine Zigarette anzuzünden. Sie inhaliert.

FRAU VON SCHULD Ich denke, ich richte Ihnen mal einen smarten Gastzugang ein. *Sie tippt.* Damit haben Sie Zugriffsrechte auf die wichtigen Dienste. Für den Übergang. Den können Sie übrigens jederzeit abtreten, wenn Sie nicht in der Lage sein sollten, Ihr Konto ausgleichen. Versteigern geht natürlich auch, das setzt sich als flexible Lösung immer öfter durch. Wir haben da diese Börse für unsere Wackelkandidaten, die zwischen Baum und Borke stehen, unsichere Kantonisten wie Sie also.

ER *verunsichert, deshalb etwas prahlerisch* Den Kantonisten müssten Sie gerade mal erleben! Der steht mit beiden Beinen im Leben, da wackelt nichts! Der Kandidat ist auf den Boden der Tatsachen zurückgekehrt und wurzelt dort so aufrecht wie ne deutsche Eiche.

FRAU VON SCHULD *amüsiert* Na, dann wollen wir mal nicht mit der Axt ran.

ER *untertänig* Also, ich weiß überhaupt nicht, wie ich Ihnen danken soll.

FRAU VON SCHULD Ein SEPA-Lastschriftverfahren wäre ein Anfang, eine vertrauensbildende Maßnahme.

ER Glauben Sie?

FRAU VON SCHULD Es würde Sie vor unangenehmen Nachfragen schützen. In den meisten Fällen ist das so. Schauen Sie, im Grunde könnten Sie sich an den Kindern ja tatsächlich vergangen haben. So etwas lässt sich dann disponieren, ich denke, Sie ahnen, worauf ich hinaus möchte?

ER *erleichtert* Sie wissen eben, wie ich ticke.

FRAU VON SCHULD Dafür werde ich bezahlt.

ER *kramt, während er weiterredet, in einer Schublade* Ich gebe Ihnen schon mal meine Bankverbindung, warten Sie -

FRAU VON SCHULD Regeln Sie das lieber mit - *Sie sucht den Namen.*

ER *ergänzt* - Rauch.

FRAU VON SCHULD Genau. Frau Rauch. Sie werden es nicht glauben, aber in diesem Augenblick steht sie gerade neben mir. So eine Fee. Bei ihr liegt

Ihr Ersuchen wirklich in guten Händen. Ich mach mich flugs aus dem Staub, es scheint hier alles auf eine Evakuierung hinauszulaufen. Sie haben ja mitbekommen, was bei uns los ist.

Während Rauch die Sprechgarnitur von ihrer Kollegin in Empfang nimmt und sie sich unter vielerlei Störgeräuschen aufsetzt, plaudert Schall in seinem demonstrativ devoten Tonfall munter weiter, da er glaubt, Frau von Schuld würde ihm noch eisern zuhören -

ER Ich hätte es kaum zu träumen gewagt, mit welcher würdevollen Zuneigung man mir hier begegnen würde -

SIE *unterbricht -* Was brabbeln Sie da?

ER *verblüfft* Rauch! Wo, zum Teufel, waren Sie so lange?

SIE Bei der Fliegerbombe. Eine Avro Lancaster.

ER Sind Sie sicher?

SIE Die vierte in zehn Jahren. Die anderen stammten von einer Handley Page Halifax.

ER Scharfes Teil, was?

SIE Englischer Zünder. Ziemlich diffizil.

ER Langsam sollte sich die Vergangenheit in Luft auflösen.

SIE Sie sollte in die Luft gejagt werden, meinen Sie?

ER Krawumm.

SIE Wir arbeiten hier denkmalgeschützt. Reinste Backsteinrenaissance. Haben Sie denn überhaupt kein Einsehen mit unserem Geschäftsmodell?

ER Natürlich. Entschuldigung.

SIE Wollen wir uns nicht alle in Würde verabschieden?

ER Sie haben so recht. Ich kann nur um Entschuldigung bitten.

SIE Die Orchestrierung der letzten Tage sollten wir sicher nicht der Vernichtungskraft einer verrosteten Weltkriegsbombe überlassen.

ER Sie haben Kinder?

SIE Wer hat Ihnen davon erzählt? Die Kollegin?

ER Streichen Sie die Bonuspunkte, wenn ich die Dame verpetze?

SIE *amüsiert* Wir könnten es bei einer Belehrung belassen. Einer Ermahnung. Ja, ich hatte einen Buben.

ER Was ist mit ihm?

SIE Ich habe ihn getötet. Er war sechzehn.

ER Warum?

SIE *verdutzt* Warum?

ER Ja.

SIE Mein Bauch gehört mir.

ER Aber er war beinahe erwachsen.

SIE Dann gehört er immer noch mir. Der Bauch.

ER *entgeistert* Nach sechzehn Jahren.

SIE Warum so spät? Das denken Sie doch.

ER Ich frage mich, ob Sie ihn geliebt haben.

47

SIE Es war ein Erdulden, ein Aufschub.

ER Wie haben Sie es gemacht? Gift?

SIE Da hing dieses Samuraischwert bei ihm an der Wand, es hatte einen Griff aus Rochenhaut. Mit dem Prachtexemplar bin ich ihm dann in den Rücken gefallen. Reingejagt habe ich ihm den Dödel, armtief mit Karacho, genau hier zwischen die Schulterblätter.

ER Verschonen Sie mich, bitte!

SIE *andachtsvoll, zu sich selbst* Hat er noch etwas gespürt? *Sie überlegt.* Nein. Ich hab noch eine Weile zugesehen, wie er über seinen Hausaufgaben gesessen ist. So gebrütet hatte er in letzter Zeit nie über seinen Schulaufgaben, als ob er ein Zeichen aussenden wollte: Mutter, überlege es dir noch einmal!

ER Ein Schrei nach Liebe.

SIE Nun kommen Sie, was glauben Sie eigentlich, wer Sie sind? So ne Art Schlagersänger? Sie wollen andeuten, dass ich mich schuldig fühlen soll? Nur zu, bloß keine Hemmungen, sie Troubadour.

ER *konsterniert* Sechzehn.

SIE Er war ein ungezogener Bengel. Eine richtige Rotznase. Ich wünschte, ich hätte den Mut gehabt, ihn augenblicklich wegmachen zu lassen. Von jetzt auf gleich. Aber dann hat sich das zerschlagen mit der Abtreibung, weil ich mit dem Erleben eines möglichen Mutterglücks glaubte, zu einem erfüllten

Leben durchzustoßen.

ER Er hatte sein Leben gerade vor sich.

SIE Er hatte es vor sich, weil ich mein eigenes zurückgelassen habe. In dieser roten Klinkerhölle von einer Universität, siebzehn Jahre zuvor. Vielleicht wartet es noch heute auf mich, auf dem Campus, das niedergelegte Leben. Ich hab den Geruch des traurigen Pissoirs noch in der Nase, die glimmenden Joints, erinnere mich, wie meine Hände nach irgendetwas zu greifen versuchten. Aber ich trieb wie sediert in diesem Meer aus Flugblättern, Klopapierrollen und feuchten Kondomen. An der tumben Begeisterung für die Contras in Nicaragua hab ich bis heute zu knabbern, das dürfen Sie mir glauben, und an diesem antisemitischen Fatah-Blödsinn natürlich. Unfassbar, wie fieberhaft schnell sich junge Menschen von vermeintlichen Gewissheiten infizieren lassen. *Sie atmet tief durch.* Können wir über etwas anderes reden?

ER Was geht einem durch den Kopf? Wenn man tötet? Das eigene Kind.

SIE In Ordnung, jetzt sind wir also bei der Psychonummer. Schall, passen Sie bloß auf, dass ich Sie nicht Professor nenne.

ER *grüblerisch* Da stehen also zwei Teller auf dem Küchentisch, aber nur Sie sitzen davor und essen. Sie haben doch für zwei Personen gedeckt in den ersten

Tagen danach?

SIE Er war ein schlechter Esser, jawohl, das war er.
Wie teilnahmslos er sich die Fleischstücke herausge-
pickt hat, daran erinnere ich mich. Dieses verzogene
Balg! Wie sein Vater. Und ein schlechter Schüler war
er außerdem. Das hat ihm das Genick gebrochen -

ER *dazwischen, juxend* - ans Schwert geliefert, um
genau zu sein.

SIE Besonders mit dem Lesen hat er sich schwer-
getan. Die Klassiker. Pass auf, hab ich noch gesagt,
eines Tages steigt die Medea von ihrer griechischen
Tragödienbühne herunter und setzt sich zu uns an
den Mittagstisch. Da hat er bloß dämlich gegrinst,
mir die kalten Kässpatzen rübergeschoben, sich in
seine verlauste Bude eingeschlossen und den Regler
auf volle Pulle gedreht. Alanis Morrisette. Den gan-
zen Tag.

ER Klingt nicht gerade nach nem Motiv.

SIE Was wäre denn ein Motiv? Wenn er mich vergewaltigt hätte? Wie sein Vater?

ER *beschämt* Gott im Himmel.

SIE Ach, vergessen Sie es. Aber dieses Urinal werde
ich ganz sicher noch in die Luft sprengen. Das zählt
zu den Dingen, die geregelt gehören, bevor man ins
Gras beißt.

ER Ich sag jetzt nicht, dass es mir leid tut, okay?

SIE Irgendwo stand diese Flasche Mariacron in der

Spermasuppe, die habe ich mir einverleibt. Zur inneren Anwendung, sagt man das so? Der Typ hat mir gleich wie ein Tiger die Klamotten vom Leib gerissen, der hatte schon als junger Kerl ein Pfannkuchengesicht. Wie beim Blick in eine Teigschüssel. Seine obszönen Anwerbeversuche bezüglich sehr junger Frauen waren hinreichend belegt, behauptet Frau von Schuld, das hätte mich gleich stutzig machen müssen, trotz Marihuana und Mariacron.

ER Die wenigsten Drogen retten uns vor uns selbst.

SIE Wer sagt das? Alanis Morrisette?

ER *grübelnd* Konfuzius? Laotse? Ai Weiwei? Verflixt, keinen blassen Dunst.

ER Neben den Kindern vergreifen Sie sich wohl gerne an chinesischen Glückskeksen.

Eine Scheibe wird eingeschlagen. Von draußen sind sehr deutlich Martinshorn und Sirene zu hören. Befehlsartiges Stimmengewirr. Rufe.

SIE *angstvoll* Sie kommen. Verkleidet als Feuerwehrleute.

ER Dann also Krieg.

SIE Es sind zu viele. Sie haben Rammen und Äxte.

ER Kennen Sie noch den Probenraum? In dem man nicht stehen konnte, weil die Lüftungsschächte in Kopfhöhe verlaufen?

SIE Der mit der Tischtennisplatte? Haben wir dort nicht geknutscht?

ER Punk haben wir gespielt. Und es ist ein Kickertisch, der dort steht.

SIE Ojemine, ständig waren Sie zu betrunken für den Sport!

ER Schweinepunk.

Da Rauch nachfolgend schweigt und exklusiv für Schall ihr Sprechgeschirr in den Raum hält, hört man, wie von draußen Leitern an das Gebäude gestellt werden und weitere Personen unter großem Bohei den Raum erstürmen. Auf- und zufliegende Türen. Vereinzelte Schreie, auch entfernt. Tapfer stellt sich Frau von Schuld jemandem in den Weg. Die Unterredung hebt sich deutlich im allgemeinen Tumult ab.

FRAU VON SCHULD Was wollen Sie hier? Gehen Sie!

FEUERWEHRMANN *verpflichtet* Wir haben die Anweisung, das Gebäude zu evakuieren. Meine Männer dachten, man hätte Sie informiert. Sie sind doch zeitig vor der Bombe gewarnt worden?

FRAU VON SCHULD Wissen Sie, wo Sie sich befinden?

FEUERWEHRMANN Ich gehe von Haus zu Haus. Sind wir mit der Räumung durch, setze ich einen Haken hinter das Objekt. Wir stellen keine Fragen. Und wir beantworten keine. Wir retten Leben. Stunde für Stunde.

FRAU VON SCHULD Das hier ist ein Sterbehospiz,

ein Haus des Abschieds.

FEUERWEHRMANN Dann sind wohl alle tot?

FRAU VON SCHULD Nein. Hören Sie, wir akzeptieren das Sterben als normalen Prozess, wollen den Tod weder beschleunigen noch hinauszögern. Palliativmedizin bejaht das Leben.

FEUERWEHRMANN *fühlt sich gleichwohl gelobhudelt.* Genau wie wir. Sind Sie eigentlich schon Mitglied bei uns? Die Feuerwehr könnte tüchtige Frauen wie Sie gut gebrauchen. Warten Sie, ich schau mal, ob ich einen Mitgliedsantrag am Mann habe - *Ein Reißverschluss wird geöffnet. Während er in den Innentaschen seines Overall herumwühlt, wird ein gellender Schrei ausgestoßen, der den Brandschützer heftig auf die Palme bringt und einen Kollegen anraunzen lässt.* Geht das nicht eine Spur diskreter? Herrje, jetzt poltern auch noch die Infusionsflaschen durch die halbe Etage! Die vielen herausgerissenen Schläuche, so eine Sauerei! Hör mal, ich will nicht wieder mit diesen Versicherungsheinis zu Gericht sitzen, nur weil uns ständig die Dienstaufsicht auf den Pelz rückt, hast du kapiert? Was suppt denn da aus seinem Arm, ist das Blut?

FRAU VON SCHULD *entschlossen* Eine Frau.

FEUERWEHRMANN Was?

FRAU VON SCHULD Es ist eine Frau, diese Person in dem Sterbebett. Und ja, es ist Blut.

FERWEHRMANN *abermals zum Kollegen* Hast du gehört, stopf der Frau mal irgendwas in die Wunde, die läuft ja sonst komplett aus. Oder binde der gleich mal den Arm ab.

FRAU VON SCHULD *flehentlich* Bitte nicht!

FEUERWEHRMANN Och, der kann das, das glauben Sie jetzt nicht. Der wuppt bei uns die Kurse in Erster Hilfe. Im Angelverein. Sie müssten mal seine gebundenen Haken sehen. Fliegenfischen. Ein richtiger Künstler ist das. Sind Sie schon mal auf Saibling gegangen? Ich kann Sie gerne mitnehmen, wenn Sie wollen. Am Bach ist es romantisch. Sind Sie eigentlich verheiratet? *Der kurze, weitere Gesprächsverlauf ist nur noch unverständlich und verwaschen zu vernehmen, weil Rauch ihr Headset-Mikrofon in Mundhöhe ausgerichtet hat und jetzt eine feierliche Intimität zu Schall sucht.*

SIE Wollen wir noch einmal ins Freie gehen, was meinen Sie? Es muss ja nicht aussehen wie bei Hitler in seinen letzten Tagen.

ER Zu den Eichhörnchen? Haben Sie noch das Futter?

SIE Sie haben mir in die Hand gebissen. Als es blutete, wurde es kompliziert. Ich wäre fast daran verreckt.

ER Es soll noch Länder geben, in denen diese Kreaturen scheu und unschuldig aussehen.

SIE Ich hab die Nüsse in den Karpfenteich gekippt, war das falsch?

ER Nur bei uns sehen sie hinterlistig und verdorben aus. Als wäre der Teufel doch ein Eichhörnchen.

SIE Es heißt, sie seien mit dem Bösen im Bund, der Regierung. Es heißt, sie seien in Wahrheit Frettchen.

ER Wo sind Sie gerade?

SIE Auf der Sieben.

ER Fein, dann müsste ich Sie fast sehen können. Winken Sie doch mal!

SIE Jetzt werden Sie albern.

ER Nehmen wir den Kleingüteraufzug? Zusammen mit der verpissten Wäsche?

SIE Die Rutsche ins Glück, herrlich.

ER Wie früher also?

SIE *lacht* Mariacron?

ER Rauch, ich bitte Sie.

SIE Die Scherben bürgerlicher Erziehung, die müssen Sie mir lassen.

ER Highland Park. Der beste Whiskey unter den Fünfzigjährigen. Ich bin Millionär, schon vergessen?

SIE Das Vortreffliche zum Schluss.

ER Wir bleiben.

SIE Bis die Reste verfüttert sind.

Das Headset wird abgenommen. Ein Freizeichen, nur kurz. Stille.

Über das Hörspiel

Herr Schall fickt Kinder und verspricht sich Erlösung in der Hölle. Keine Chance, sagt Frau Rauch. Die Vergehen seien für den Sinkflug in den Hades einfach nicht monströs genug, zudem habe sich dort, wo die Schlechtigkeit sitzen müsste, bei Schall ein veritables Gewissen eingenistet. Gegenwärtig ächzt die Dame im Vorzimmer ihres teuflischen Chefs unter einem heftigen Bearbeitungsstau: Nachdem das Jüngste Gericht im Nachgang zum katholischen Missbrauchsskandals manchen Gottesmann ins Reich der Verdammnis abzuschieben bereit ist, herrscht dichtes Gedränge am Ort der ewigen Pein.

Was als demütigende Plauderei im Jargon einer Telefonsexagentur anläuft, lässt die wie zufällig aufeinandertreffenden Protagonisten immer orientierungsloser durch einen Irrgarten aus sozialbehördlicher Eiseskälte und bevormundender Ganztagesbetreuung taumeln. Rauch hat ihren sechzehnjährigen Sohn „abgetrieben" und Krebs im Endstadium, Schall scheffelte einst Millionen mit schmutzigen Börsenwetten auf steigende Lebensmittelpreise, nun führt er ein Doppelleben zwischen der aufrichtigen Bußfertigkeit eines eingebildeten Pädophilen und den wahnwitzigen Lügengebäuden, die er tagtäglich für seine Ehefrau errichtet. Für die schleppt er sich als Aushilfskraft in die kommunale Suppenküche, um sich für die Arbeitslosenstütze abzustrampeln, die er gar nicht bezieht.

Schall und Rauch gewähren kurze Momentaufnahmen des alltäglichen Wahnsinns, facettenreiche Sinnbilder für den ewigen Lebenshunger des Herzens. Am Telefon streiten und beschimpfen sie sich, reden aneinander vorbei, sind abwechselnd zärtlich und aggressiv, romantisch und brutal. „Und stillet den Zorn" liefert Polaroids, die man nur scheinbar mischen kann wie ein Kartenspiel. Tatsächlich lässt der Autor ein ramponiertes Duo, das verzweifelt komisch um Momente der Aufmerksamkeit ringt, über den Etagenflur hinweg zu seiner letzten Reise in einem Sterbehospiz antreten. Weil man im Park der Einrichtung auf eine alte Fliegerbombe gestoßen ist, sollen augenblicklich sämtliche Heimbewohner evakuiert werden. Die gefahrenabwehrende Notwendigkeit der Aussiedlung wird den Hinscheidenden absurderweise mit der unwahrscheinlichen Detonation des verrosteten Blindgängers angetragen.

Das Hördrama liefert die beklemmende Vision einer Welt, der die magischen Momente letzter Taten und Worte abhandengekommen sind. Die schnörkellose Dialogführung, das groteske Setting und der stets präsente, makabre Humor verhelfen dem Text zu einer morbiden Leichtigkeit, die schnell zu Havel und Kafka durchstößt. Die bunte Welt da draußen bleibt für die Totgeweihten bloß eine Ahnung, ein holografischer Vergnügungspark, für den sie keine Eintrittskarte zu besitzen glauben und dem sie als widerständige Zombies Reste ihres kleinen Glücks entgegenstellen.

Aus dem Ort würdevoller Abschiede ist ein seelenloser Verschiebebahnhof für Totgeweihte auf der Flucht geworden. Dort, wo sonst stille Lebewohle und kleinere Wunder durchrauschen, wird nun jede Form letzter Intimität von Amts wegen unterbunden. Dass sich Schall und Rauch am Ende in einem Akt zivilen Ungehorsams ihre private Nähe über das Mysterium der Imagination zurückholen, verdanken sie ihrer anarchischen Lust beim Erfinden utopischer Geschichten - und dieser irre Spaß kann hier getrost als eine lebensverlängernde Maßnahme verstanden werden.

Mein Freund Muffin

Es regnete und schneite etwa zu gleichen Teilen, ein richtiges Woody-Allen-Außenaufnahmewetter, wie die Leute hier sagen, und ich beschloss, des Herumstreunens überdrüssig, meinen alten Freund Muffin besuchen zu gehen.

Muffin war jetzt berühmt. Er wohnte in einer der besseren Straßen auf der Lower Eastside, und dass er wirklich berühmt war, sah man daran, dass er die Wohnung nie ohne Sonnenbrille verließ. Ich stieg also die Stufen zu seinem Penthouse hinauf und klingelte. Ungefähr nach dem fünfundzwanzigsten Läuten öffnete Muffin, steckte seinen sonnenbebrillten Schädel aus dem Spalt und schaute misstrauisch an mir vorbei in Richtung Treppenhaus. Ich sagte „Hey Muff! Ich bin's! Erkennst du deinen alten Freund Dash nicht?" Doch Muffin machte nur Pssst! und zog mich eilig zu sich in die Wohnung. Es war wirklich schlimm, seit er berühmt war.

„Stell dir bloß vor, was passiert ist!", schnaufte er zur Begrüßung.

Ich war einfach baff. „Du trägst dieses verdammte Ding jetzt also schon zu Hause?", fragte ich besorgt.

„Ich erkläre es dir später. Setz' dich schon mal. Ich hol' uns was zu trinken, ja?"

Die Wohnung hatte sich, seitdem Diane mit der Kleinen ausgezogen und nach Newark gegangen war, schwer verändert. Eigentlich war es bloß unordentlich, dies dafür aber so gründlich, dass erst jener billige, schiefhängende Kandinsky aus dem Möbelhaus meine Zweifel, hier richtig zu sein, glaubhaft zerstören konnte.

„Du räumst gerade um, was?", rief ich taktvoll in die Küche. Doch Muffin kam schon mit dem Whiskey, gab mir ein Glas voll, und setzte sich auf einen der Umzugskartons mir gegenüber. Mit dieser Brille über den Augen sah er aus wie ein totes Insekt. Von Bekannten hörte ich in letzter Zeit einiges über seine Vorlieben für fremde Destillate und neuartige psychoaktive Substanzen, was den Einstieg in Konversationen jedweder Art nicht gerade erleichterte.

„Ich will dir etwas sagen, Dash!" eröffnete er nach einem beherzten Schluck. „Ich hör' auf mit dem Schreiben, verstehst du?"

„Nein."

„Gestern waren wieder die Cops hier. Richtig nervöse Jungs sind das, kann ich dir sagen, die haben überall ihre Nase reingesteckt, das Brot vom Vortag in dünne Scheiben geschnitten, Pariser aufgeblasen und mir in den Schritt gefasst. Hast du gehört, Dash, sie haben mit ihren Händen zwischen meinen Beinen herumgespielt! Das letzte Mal hab ich so was

62

in Deutschland erlebt. In der Hotellobby lief gerade ein Film über die Festnahme dieser RAF-Leute, der Baader, der Meins und der Raspe brüllten vielleicht alles nieder, als sie denen in den Schritt gefasst haben! Seitdem dieser Ted Kaczynski in den USA sein Unwesen treibt, ist irgendwie nichts mehr, wie es einmal war. Ich hab' langsam das Gefühl, den Boden unter den Füßen zu verlieren, wenn du verstehst, was ich meine."

„Ey, du weiß doch, wie sensibel die nach solchen Anschlägen sind. Außerdem steckt ihnen Latein-amerika in den Knochen. Die Drogenkartelle, der Verlust des geostrategischen Hinterhofs. Vermutlich haben wir einfach zu viel geschrieben. Zu viel und zu lange. Unter Umständen haben wir uns damals auch mit den falschen Leuten solidarisiert, keine Ahnung! Die Unterschriftenlisten bei den Protestmärschen, erinnerst du dich? Ich fand die immer suspekt. Rich-tig primitiv waren die Typen dort. Und wir? Okay, blindgläubig waren wir natürlich auch. Jedenfalls sollte man nicht gleich mit 'ner Koksnase jedem Po-lice Officer einen Vorwand liefern, loszuschlagen. Das führt unweigerlich zu Stress und Überreaktio-nen. Es ermutigt alle Welt nur, genau hinzusehen."

„Kannst du dich an den Winter '62 erinnern?", fragte Muffin mit verklärter Stimme.

„Sicher, war 'ne prima Zeit dort."

„An das, was ich übers Berühmtsein erzählt habe?"

„Sich, Muff, sicher."

Die Winter Anfang der Sechziger verbrachten Muffin und ich in einer kleinen, abgeschiedenen Hütte in Minnesota, die meinem alten Herrn gehörte, nahe Fort Frances an der kanadischen Grenze. Außer mit Schreiben vertrieben wir uns die Zeit mit Jagen, dem Aufstellen von Fallen und Holzhacken tagsüber, und abends betranken wir uns häufig schwer, plauderten im unausrottbaren Idiom der süddeutschen Herkunft, wenn es ermüdete, über Politik zu diskutieren. In Tagen heftigen Schneetreibens reduzierten sich unsere Aktivitäten ausschließlich aufs Kontrollieren und Freiräumen der Fallen und das geregelte Nachlegen der Kaminscheite. Ich erinnere mich gut, als Muffin eines Abends seinen Whiskey zischend ins Feuer kippte, sich schwankend aufrichtete und radebrechend anhob: „Hör' mir gut zu! Wenn ich jemals berühmt werden sollte, also du weißt schon ... so mit 'ner Sonnenbrille nachts über die Straße ... weißt du, was ich dann mache?"

„Mein Gott, was?", fragte ich und lachte.

„Ich hör' einfach auf damit!"

„Mit was?"

„Na, berühmt zu sein!"

Es war die Zeit nach McCarthy, inmitten der Kubakrise, die Zeit, als alle Welt noch an Kennedy glaubte. Muffin und ich waren vom Glauben abgefallen, stattdessen lauerten wir auf jede potentielle Chance, von der wir uns erhofften, sie würde uns Einwandererkinder ohne viel Federlesen nach oben spülen. Zu jener Zeit wurden Muffins Storys noch nicht im Esquire abgedruckt, er erzählte damals nicht vom tapferen Überlebenskampf indianischer Arbeiter in Ontario, sondern vom beschissenen Leben der Leute hier in der Bronx. Es waren Jahre, in denen das Brechen von Mädchenherzen uns selten mehr als ein Fingerschnippen pro Nacht kostete und Streichholzschachteln noch mit unverwüstlichen, durchgängigen Reibeflächen in den Verkauf gingen …

„Es ist besser so", sagte Muffin, „aus und vorbei!" Er lehnte sich gegen die Wand unter den Kandinsky und nickte in einer Art, die eine trockene wie aufgezwungene Lakonie aussenden sollte, stumm vor sich hin.

„Ich denke, wir hatten verdammtes Glück bei den Frauen", sagte Muffin, „das kann uns keiner nehmen."

„Vermutlich hielten sie uns für durchgeknallte Österreicher", gab ich zu bedenken.

„Wie heißt noch mal dieser Mann aus den Bergen?", fragte Muffin.

„Schwarzenegger."

„Die steirische Eiche, herrje."

65

„Glaubst du, die lieben ihn wegen seines Bizepses? Muff, mach dich nicht lächerlich!"

„Ich will nicht ausschließen, dass die Mädchen Gefallen an unseren Muskeln gefunden hatten", war Muffin überzeugt. „In diesen Dingen bin ich Idealist. Großer Gott, ich bin dumm genug zu glauben, dass wir verdammt gut in Form waren."

„Hinter solchen Hormonüberschüssen lauern die übelsten Fallstricke", warnte ich.

„Ach herrjemine, wie jung wir waren! So jung."

„Er hat Erfolg, weil sie ihn nicht synchronisieren."

„Kannst du dich an unser erstes Transistorradio erinnern?", fragte Muffin. „Wir waren so arm, dass wir jedem, der lauschte, ein paar mickrige Cents abknöpften."

„Sie lassen ihn als tumben Naturmenschen über die Leinwand ziehen."

„Du würdest die Eiche nachsynchronisieren lassen? Mit einer fremden Stimme? Dash, ich dachte immer, du seist der Nostalgiker."

„Ich würde sie schweigen lassen, die Eiche. Für immer und ewig. Ein muskelbepacktes, beredtes Schweigen."

„Aber Schwarzenegger hat seine größten Lacher, wenn er redet. Er redet Unfug, das schon, aber es ist ein wohltuender, mundartlicher Blödsinn."

„Du sagst es", sagte ich. „Er macht sich lächerlich.

Sich und uns. Er zieht uns in den Schmutz."

Muffin sank unter dem Eindruck meiner unverhohlenen Worte langsam zu Boden, er legte den Kopf betrübt auf die Knie, eine bange Nüchternheit schien wie ein geheimnisvolles Narkotikum langsam in Geist und Körper einzurieseln. „Vermutlich wird ihm das bis heute niemand so deutlich gesagt haben", murmelte er noch leise. „Es ist eine Tragödie. Feige Schweine, wohin man blickt. Hollywood sollte sich schämen."

Gerne wäre ich mit Muffin über einen Jahrmarkt des Frohsinns geschlendert. Aber da gab es diesen schwarzen Riesenvogel, der unsichtbar über allem kreiste, ein Getier, das sich nicht vom Himmel holen ließ und gerade über eine arme Seele hermachte. Ein Psychologe hatte mir in grauer Vorzeit gesteckt, dass man Suizidgefährdete am wirkungsvollsten vor dem Sprung in die Tiefe bewahren könne, indem man ihnen heitere Aphorismen aus besseren Tagen auftische. Gegenwärtig standen die Dinge so, dass Muffin wohl nicht mehr zu retten war. „Kann es sein ...", startete ich einen letzten wohlmeinenden Versuch und räusperte mich verlegen, „kann es sein, dass du nur mal wieder was Aufbauendes für unter die Bettdecke brauchst, ich meine, jetzt wo Diane ... ?"

Offensichtlich konnte es das nicht sein, denn Muffin blieb sichtlich gefasst, lotete mit seinen leblosen

Augen nur die Ecken und Kanten seiner runtergekommenen Wohnung aus und flüsterte dann tonlos: „Es ist schlimmer, viel, viel schlimmer."

Er zog sich an einem der Kartons empor und bedeutete mir, den Raum zu verlassen. Durchs Schlafzimmer ging es, über einiges Gerümpel hinweg, ins Bad. Muffin beugte sich zur Siphonklappe der Badewanne hinunter und hebelte die fachmännisch aus ihrer Halterung, worauf ein dicker Packen vergilbtes Papier aus der Öffnung schoss, unter dem Druck nachschiebenden Materials über die glatten Kacheln glitt und nach einer halben Ewigkeit unter dem Waschbecken zum Erliegen kam.

„Verstehst du nun, was ich meine?" fragte Muffin.

„Papier", sagte ich. „Beschriebenes Papier. Schreibmaschine. Tinte. Na und, was ist damit?"

„Sieh's dir an, verdammt! Seh' genau hin!"

Ich bückte mich also nach ein paar Bogen und tat, als läse ich interessiert darin. „Ein Manuskript, Teile eines Romans ... "

„Sein Roman", unterbrach Muffin. „Alles dies hier sind seine Romane, seine Erzählungen. Du Glückspilz hältst gerade die Fortsetzung des ‚Totenschiffs' in Händen."

„Totenschiff?"

„Er nennt sich jetzt wieder Marut, Ret Marut, wie vor seiner Flucht aus Deutschland nach der bayerischen Revolution."

„Mmh." Noch dachte ich: Du Idiot, du musst dich verhört haben!

„Glaub mir, es ist Traven. Oder Otto Feige. Du kannst es dir aussuchen."

„Du … du nimmst doch keine … außer dem bisschen Schnee hier und da und … na ja … also was jetzt, he?"

„Einmal im Monat schiebt er mir das Zeug unter der Türe durch", fuhr Muffin beinahe erleichtert fort, legte sich in voller Montur in die Wanne und ließ einen Teil der Zettelsammlung voller wilder Ideen über sich herabregnen. Das Konvolut an krakelig verfassten Blättern schütze das Insekt nun wie einen zweiten Chitinpanzer. „Manchmal kommt er auf einen Sprung zu mir rein und wir reden über seine Jahre in Tampico und Mexico City, trinken Kaffee, nicht über die Maßen, seiner Prostata wegen … nun ja."

„Klar, in seinem Alter", sagte ich, und während ich noch fieberhaft rechnete, verkündete Muffin in einem Anflug von Stolz: „104 Jahre, fast auf den Tag genau!"

„Dann hat er also die besten Jahre noch vor sich", entfuhr es mir ironisch.

Muffin wandte sein Gesicht von mir ab, was ich als einen Anflug von Scham deutete, knickte den

69

Kopf merkwürdig verdreht auf die rechte Seite des Wannenrandes und justierte ihn, zur Klinkerwand blickend, aus. „Es steht nicht gut um mich, was?"

Ich schaute auf die Uhr. Es war spät geworden. „Es wird schon wieder, Muff!", ermunterte ich ihn, bevor ich Lebewohl sagte. Noch an der Wohnungstüre hörte ich, wie Badewasser eingelassen und ein etwas verstörendes Liedchen angestimmt wurde.

...

Natürlich glaubte ich Muffin kein Wort. Doch fand ich nach einer Nacht voller bunter Träume anderntags beim Zigarettenkramen in der Tasche meines Mantels einen kleinen, gefalteten Zettel - der Handschrift und Tinte wie jene auf Muffins Manuskripten aufwies - auf dem stand: „Was immer Sie auch denken mögen, Sie irren sich!"

Und während ich diese Geschichte hier erzähle, kommt es mir vor, als wäre ich, nachdem ich Muffins Behausung verwirrt verlassen hatte, einer greisen Gestalt im Treppenhaus begegnet, deren knochiges Gesichtsprofil - in dem Licht, das fahl von der Straße hineinschien - mir von irgendwoher bekannt vorgekommen sein mochte. Kurz war mir, als schubste mich jenes bucklige Männlein im Vorbeigehen ein wenig zur Seite. Vielleicht stolperte es auch nur über den Treppenabsatz und suchte Halt an meiner ausladenden Kleidung, um unversehrt seinen beschwerlichen Weg nach oben fortzusetzen zu können.

Ich bin nicht religiös. Ich habe keine Ahnung, nach welchen Gesetzmäßigkeiten oder göttlichen Fügungen sich fortwährende Ereignisse, die wir staunend durchleben, zutragen. Aber es schnürt mir den Hals zu, wenn ich darüber nachdenke, wie viele dieser Erlebnisse wir als surreal, ja übernatürlich in Erinnerung behalten - obgleich wir sie zumeist rein körperlich und höchst faktisch am eigenen Leib verspürt haben und der Schock darüber uns beständig in die Glieder gefahren ist. Ich glaube, sämtliche mysteriösen Episoden und nebulösen Zufälle bleiben am Ende unseres Dasein als eine Essenz dessen zurück, was wir an erinnerter Fantasie bereit waren, zu teilen und weiterzutragen. Führen wir nicht jede Geschichte - selbst wenn es sich bei einem Teil des Kolportierten um wirklich groben Unfug handeln sollte - per se in jenen Momenten, in denen wir sie erzählen, einer Wahrheit zu? Einer in sich kohärenten Realität?

Mein Freund hatte mir die Augen geöffnet. Mutete Muffins Darstellung höchst abenteuerlich und frei erfunden an, so klang sie im Nachgang in ihrer geflunkerten Breitbeinigkeit doch reinweg wahrhaftig. Deshalb traf mich die Nachricht, die mir neulich in einer düsteren Kaschemme über den Tresen hinweg zugetragen wurde, weniger unvorbereitet als jeder Faustschlag in die Nierengegend: Muffin schreibt wieder.

Das Geheimnis der Wale

Die Schweine hatten Rosario Bilbao zuerst vergewaltigt und dann das Nigger-Viertel runtergeprügelt, zum kleinen Bootsanlegesteg, den Fischen zum Fraß. Nach zwei Monaten kam sie hoch, um einen Pfeiler des Navy Piers gespült, unweit der Gegend, in der die Werft ihre U-Boote vom Stapel lässt, und Arthur Moulton, der Gerichtsmediziner, meinte, er hätte in den vergangenen dreißig Jahren an seinem Institut der Northwestern University noch nie so etwas gesehen, und er müsse sich erst einmal auf den nächstersten Poller setzen und eine rauchen, was nur menschlich war.

Renling dachte natürlich zuerst an die Presse. Er konnte sich lebhaft ausmalen, welchen Weg er später einschlagen musste, um unbeschadet ins Polizeigebäude zu gelangen: geduckt durch den Hintereingang, vorbei an der hungrigen Journaille, in deren Strauß aus Mikrofonen er in den nächsten Tagen den bescheidenen Stand der Ermittlungen hineinsprechen sollte. Für Renling wurde Chicago deshalb nicht ungemütlicher als jede x-beliebige Großstadt in den Staaten, aber es gab ihm natürlich eine Weile zu knabbern, dass Art Moulton drei gottverdammte Tage und Nächte brauchte, um Rose anhand ihres

Nagellacks zu identifizieren, und der bedauernswerte Kerl, der sie gefunden hatte und den Cops meldete, soll seitdem vegetarisch leben, so jedenfalls erzählten es Renling die Latino-Nutten aus der Southside, die als besonders vertrauensvoll galten.

Kurz glaubte Payson, Renlings Gesichtszüge hätten sich für einen Moment entspannt, aber es war nur das falsche Licht, das seitlich über sein Gesicht durch die Türe des Proberaums huschte, in dem eine Handvoll kleiner, weißer Ärsche schlechten Blues spielte, und in der jetzt jemand stand, der sehr groß und sehr schwarz war und etwas hineinrief, wie: Stu hätte ganz bestimmt noch ein paar nette Akkorde in petto und ansonsten könnten sie ihn jetzt kreuzweise, worauf ein anderer, den man nicht sehen konnte, ‚Fuck off' rief und die Tür wieder zuknallte.

„Scheiße, du hast Sie geliebt, was?" fragte Payson.

Renling schaute nach draußen, durch die mit alten Fett und Kondenswasser beschlagene Scheibe, hinter der der vorweihnachtliche Verkehr auf der Ohio Street im Schneetreiben eine fast heitere Dimension bekam, mit all den buntkarierten Holzfällerjacken und unbequemen Plateaustiefeln, in denen die Passanten auf den Trottoirs selbst wie in Geschenkpapier gepackt wirkten. Renling hatte damit gerechnet, dass Payson ihm irgendwann mit großen Gefühlsoffensiven auf die Pelle rücken würde, im Grunde machte es wenig Sinn, sich dagegen zu wehren. Payson musste nur den Lokalteil der Zeitung überfliegen, um zu finden, was er insgeheim bereits ahnte. Zwischen den Zeilen stand, dass er ganz schön in der Scheiße steckten musste. „Vergiss es", sagte Renling, „vergiss es einfach."

„Erstaunlich, wie schnell du bei dem Thema den Schalter umlegen kannst."

„Du weißt, dass ich in dem Fall auf der Stelle trete", sagte Renling. „Wenn das dein einziger Hebel ist - gut."

„Ihr hättet ein prima Paar abgegeben. Hat dir das mal jemand gesagt?"

„Geliebt", sagte Renling. Er pellte das Wort wie einen Fremdkörper aus seinem Mund. „Was in aller soll Welt heißen? Bedeutet das jetzt so viel wie … sagen wir: Eiscreme?"

„Watergate, willst du sagen?"

„Nein, nein, nicht das große Besteck, wir sind ja gottlob bei Gefühlen. Immer noch. Nur die Liebe, die kannst du dir sonst wohin stecken."

„Lass uns darüber reden."

„Sie bedeuten nichts, diese Gefühle. Wenn der eine dem anderen das Gefühl gibt, etwas zu sein, nicht etwas Besonderes, nur überhaupt etwas zu sein, dann ist es okay. Aber es bedeutet noch nichts." Renling wischte sich die Sicht durchs Fenster ein letztes Mal frei. „Sieh mal nach draußen! Alle behaupten sie ständig, dass sie sich lieben, aber im Grunde kann in diesem Land niemand den anderen ausstehen. Ich denke nicht, dass es mit Nixon und den anderen Versagern zu tun hat. Sie haben sich schon früher gegenseitig die Schädel eingeschlagen und an der Börse beschissen. Aber damals mussten sie sich wenigstens noch in die Augen blicken, heute tauschen sie ihre Visitenkarten und spielen Squash."

„Du willst wissen, warum ich den Dienst quittiert habe?", fragte Payson. „Verdammt, du hast die Antwort gerade selbst gegeben!"

„Irgendwie ist es wie beim Vögeln", sagte Renling, „im Bett sind alle nur Schwanz und Möse, und weil ihnen das irgendwann furchtbar peinlich ist und sie Angst davor haben, einander zu verlieren, nennen sie es manchmal Liebe, weil es ihnen ein gutes Gefühl gibt. Ich hoffe, das klingt jetzt nicht amoralisch?"

„Ein gutes Gefühl?", fragte Payson.

„Ja, Mann. Ja."

„Sie nennen es Liebe, weil sie keine andere Wahl haben", entgegnete Payson. „Weil sie die beschissene Welt kennen, der sie ihr aufgepumptes Ego verdanken. Liebe ist bloß die kleine Schwester der Angst, eine hübsche und risikolose Umschreibung aller Minderwertigkeitskomplexe. Sieh dich um, weshalb haben wohl alle ihre Körper optimiert und zu

Hochleistungsmaschinen umfunktioniert? Nun, was meinst du?"

Renling überlegte. „Weil der andere in diesem Dschungel eine Nasenlänge voraus sein könnte?"

„He, dachte ich auch", sagte Payson, „aber in Wirklichkeit geht es um Schadensbegrenzung. Die Angst vor Nackenschlägen ist längst der Gewissheit gewichen, dass dieses Rattenrennen nicht mehr zu gewinnen ist. Von keinem. Es geht mittlerweile nicht mehr um Sieg oder Niederlage. Es geht nur noch ums Ankommen. Und um die fixe Idee, gut dabei auszusehen."

„Erzählst du das, um mir Trost zu spenden?", fragte Renling.

„Ich empfinde keine Genugtuung dabei, wenn du den Atem des Alten im Nacken spürst", sagte Payson. „Ich kenne diesen Atem. Und ich kenne das Gefühl, wenn die Zeit gegen dich arbeitet. Oder irgendein Fuzzi von der Zeitung."

„Am Ende werden wir alle so enden wie dieser Norman Bates in seinem Motel", resümierte Renling.

„Du kommst nicht gegen an", meinte Payson.

„Junge, Junge", sagte Renling, „wegen ‚ner Nutte so'n Tamtam."

„Ich hab's nur so gesagt."

„Das bedeutet nichts - so wie man es sagt!"

„Du bist der sonderbarste Vogel, den ich kenne",

sagte Payson, „Und ich kenne ein paar."

„Wir könnten richtige Freunde sein", sagte Renling, „aber das würde die Geschichte unglaubwürdig machen."

„Es gibt nur wenige Dinge zwischen Männern, die das verhindern können."

„Es gibt nur den einen Grund", sagte Renling.

„Nein", sagte Payson, „das wäre zu einfach gewesen."

„Zu einfach für dich?"

„Alle", sagte Payson, „zu einfach für alle." Er überlegte und redete leise weiter. „Ich war seitdem nicht mehr dort, wenn du das meinst."

„Die Stelle hat sich kaum verändert. Es ist wie damals. Der See. Das Ufer. Als wäre die Zeit eingefroren."

„Ich hab nichts mit ihr gehabt. Nicht in jenem Sommer, nicht an diesem Tag. Darum geht es doch? Wusstest du, dass es der heißeste Tag des Jahres war? Ich hasse die Hitze seitdem. Ich muss immer an die Vorkommnisse denken, wenn das Thermometer über neunzig Grad Fahrenheit steigt", sagte Payson schmunzelnd. „Mein Gott, das hört sich jetzt beinahe an wie ein Schuldeingeständnis. Ein Wiedergutmachungsversuch."

„Sie hat dir hübsch einen geblasen, was?", sagte Renling kühl. Seine Augen zoomten sich an jene

Paysons heran. „Die Gelegenheit hätte nicht besser sein können, das musst du zugeben. Ihr schwammt ziemlich weit draußen. Ich machte mir schon Sorgen wegen der Strömung, dabei hätte ich euch beinahe aus den Augen verloren."

„Mmh", murmelte Payson.

„Es muss reichlich komisch ausgesehen haben, als das halbe Kliff abgebrochen ist und ich beinahe meine Eier verloren hätte", sagte Renling.

„Du hast dich ganz alleine dort rausgezogen. Ein echter Kraftakt, es war wie ein Wunder", sagte Payson. „Als wir nach einer Ewigkeit bei dir ankamen, kauertest du auf diesem Findling und hattest die Augen geschlossen. Erinnerst du dich? Es sah aus wie auf einem Gemälde."

„Es macht einen Unterschied, ob du die Kontrolle über deine Beine verlierst oder dir in der Schwärze einer Erdlawine plötzlich der Strom abgestellt wird und dein Leben noch einmal an dir vorbeizieht", sagte Renling, der sich seinerseits nach Kräften bemühte, Paysons festem Blick auszuweichen. „Es wäre wirklich nichts dabei gewesen, hast du verstanden? Ihr wart jung, gesund, zwei popelige Punkte am Horizont."

„Verlorene Seelen", sagte Payson, der diese knappen Entgegnungen, die alles offen ließen, mochte.

„Sie war ein Wal", sagte Renling. „Ein singender,

saugender, furzender Wal. Oder heißt es Wälin?"

„Keine Ahnung."

„Bist du hier nicht der Schriftsteller?"

„Es heißt Wal", begründete Payson bemüßigt. „Oder Walkuh, keinesfalls aber Wälin!"

„Dann bin ich fein raus", sagte Renling.

Die Bedienung balancierte mit ihrem Tablett hinter Renlings Rücken und platzierte den Gimlet direkt vor dessen Nase, indem sie ihn mit einer ausladenden Bewegung über die Lehne seines Rollstuhls hinwegbugsierte. Ihr Gesicht mitsamt der blatternarbigen Haut machte sich unter dem Licht der tiefhängenden Lampe unvorteilhaft und enttäuschte Paysons Erwartungen.

„Wie heißt du?", fragte sie Renling.

„Das geht dich einen Scheißdreck an!"

„Würdest du mit ‚das geht dich einen Scheißdreck an' gerne die Nacht verbringen?", fragte Renling Payson, der sofort kapierte: „Ich steh' mehr auf Maskuline", sagte er, „diesen blonden Surfer-Typ mit Flaum auf den Armen und hoch ausrasiertem Nacken - die Sorte, die Papa so schätzte. Aber ich nehm's deswegen nicht ins Grab."

„Schade", sagte sie ironisch, „gerade bekam ich richtig Lust auf 'nen Teddy wie dich." Sie schüttelte den Kopf, spazierte anschließend unter Renlings amüsiertem Blick nuttig zurück ins Dunkel hinter der Theke.

„Wie ist das passiert mit deinen Beinen?" stocherte Payson bei Renling nach. Er hielt den Zeitpunkt der Frage für gekommen.

„Weißt du, warum sie singen?" wich Renling aus.

„Wer?"

„Die Wale."

„Es gibt unzählige Theorien darüber."

„Hast du sie gebumst?", fragte Renling. Er rieb das halbvolle Glas jetzt hörbar zwischen seinen Hand-flächen auf der Tischplatte. „Du musst nichts sagen. Ich kenne die Antwort ja bereits. Deine Augen haben dich verraten. Du weißt, das gehört zu den Dingen, die man als Cop als allererstes auf der Straße aufzu-saugen lernt, nur um es anschließend ein Leben lang zu hassen. Warum bloß hab ich früher deine Auf-richtigkeit geschätzt? Glaub nicht, dass mich noch irgendwas groß aus der Bahn wirft."

Payson beobachtete schweigend über Renlings Schulter hinweg die drei Schwuchteln beim Bil-lardspielen. Während er aussetzte, machte einer von ihnen eindeutige Gesten mit seinem Queue und grinste dabei herausfordernd durch den gleißenden Vorhang aus Zigarettenrauch und faseriger Luft zu ihnen hinüber. Payson kannte diese Augenblicke, in denen sich alles entscheiden konnte, die unwieder-bringliche Spannung, die gleiche, die einem unter lustvollem Schaudern am Klippenrand verharren und am Ende doch nur zurückschrecken ließ, die nur berauschte und einem verbat, angemessen darauf zu reagieren. „Es ist ein beschissenes Spiel", wandte er sich solidarisch Renling zu, „lass uns über etwas anderes reden. Lass uns betrinken!"

…

Payson begegnete Rosario erstmals während der Seminarwoche für angehende Literaten in Cleveland, Ohio, vor sieben Jahren, in einem Sommer, der ihm merkwürdigerweise durch die Überschrift VEGETARIER STECKT ZEHN METZGEREIEN IN BRAND auf der Kuriositäten-Seite des Toronto Star in Erinnerung geblieben war, außerdem gab es die große Heuschreckenplage in Oklahoma und der Mordfall Stokes, der aber etwas mit diesen Heuschrecken zu tun hatte. Der Farmer Floyd Stokes hatte seine Frau und die drei Kinder mit der Axt gespalten, nachdem die Biester ihm die gesamte Weizenernte kurz und klein gefressen hatten. Anschließend ist er seelenruhig mit dem Wagen nach Ponco City gefahren und hat dem dortigen Sheriff seine Geschichte erzählt, wie es ihn gepackt hätte, und dass er jetzt eigentlich auf den elektrischen Stuhl gehöre und es ihm nichts ausmachen würde, irgendwo hinzukommen, wo sie mit ihm abrechneten, ganz gleich in welcher Form.

Rosario schrieb damals beunruhigende Kurzgeschichten, und nebenher ging sie gegen Bezahlung mit Männern ins Bett, weil sie von irgendetwas leben musste, während er gerade verzweifelt auf der Suche nach einer neuen Sprache war, eine, die ihm geeignet schien, die verrückten Themen, die in seinem Kopf herumschwirrten, wahrhaftig zu klammern. Da gab es die nebulöse Idee von einem fiebrigen Sound, der weniger realistisch nachhallen sollte wie diese Traditionalistenscheiße einer verlorenen Generation von Kriegsberichterstattern.

Sie wohnten am Stadtrand, nahe Lorain, am Ufer des Eriesees, in einem Mittelklassehotel mit langen, dunklen Fluren, die nach altem Schweiß rochen und in denen auch tagsüber die Notbeleuchtung glimmte. In den Zimmern lagen Packen von Handtüchern vor den Waschbecken und dazwischen Kakerlaken mit fröhlichen, runden Sonntagsgesichtern, die Payson nachts von seinem abgestandenen Bier schlürfen hörte, wenn er nicht betrunken genug war, jegliche Exzesse um ihn herum einfach auszublenden.

Er hatte ihre Geschichte nicht verstanden. Niemand hatte ihre Geschichte verstanden, und die Geschichte vom letzten Jahr und jene das Jahr davor, hatte auch keiner verstanden. Irritiert fragte sich Payson, nach welchen Auswahlkriterien der ausschreibende

Radiosender seine Stipendien unter dem schreibenden Nachwuchs verstreute. Literarische Qualitäten konnten es offensichtlich nicht sein, die Rosario ausufernde, subventionierte Ficktouren bescherten. Larry Hirschfield, einer der leitenden Autoren, sagte diesmal, und so ähnlich sagte er es jedes Mal, er wisse nicht, ob ihm die vorliegende Geschichte Rosarios gefalle, schon weil er sie nicht kapiert hätte und Rätsel in der Literatur eigentlich passé wären, und Paul La Crosse, der hagere, schlohweiße Fäkalien-Lyriker, stieß annähernd ins gleiche Horn, ergänzt um den erlösenden Hinweis auf die vorgerückte Stunde, in der gewiss keine berauschenden Diskussionen mehr zu erwarten seien.

Oben hörte Payson Geräusche von Schritten und geschäftig umhergeschobenen Stühlen aus den nebenan liegenden Zimmern. Er legte sich unausgezogen aufs Bett und lauschte in Rosarios Text hinein, hoffte auf einen bestimmten Hinweis, eine erlösende Metapher, die ihm jetzt Erleichterung verschaffen würde, ein Wort, das er vorher überlesen oder dessen Bedeutung er unterschätzt haben könnte - nichts! Er lag da, las und wartete. Nach Stunden spürte er, wie seine angewinkelten Beine, in denen das Blut halbherzig zirkulierte und auf denen die kopierten Blätter längst ihren ätzenden Geruch verströmt hatten, zu schmerzen begannen und eine lähmende Taubheit den Rücken hinaufwanderte. Er versuchte sich zu konzentrieren, die singende Wasserrohrleitung, den Werbespot-plärrenden Fernseher, den jemand über ihm vergaß auszuschalten, den schweren Rioja, der seinen Kopf Schluck um Schluck Matt gesetzt hatte, zu ignorieren. Das Gefühl, alleine zu sein, wühlte ihn mehr denn je auf. Er wusste, er würde diesen für ihn völlig neuartigen Zustand totaler Hilflosigkeit nicht so schnell in den Griff bekommen.

Sie öffnete, vollständig angezogen, die Tür: Jeans, einen viel zu weiten Sweater der Chicago Bears, frisch aufgelegtes Make-up, und die Haare waren mit einer lustigen Spange zurückgesteckt. Sie macht auf unschuldig, die dramatischste Rolle, in die sie schlüpfen konnte.

Es war drei Uhr morgens, als Payson an Rosarios Tür klopfte, und es tat ihm keine Sekunde leid. „Ich wollte dir nur sagen, dass es ein paar Leute gibt, denen es etwas ausmacht, wenn man sie an der Nase herumführt", sagte er. „Mir ist die Fresse dieses schillernden Rundfunkgockels, dem wir deine Anwesenheit zu verdanken haben, an und für sich völlig schnuppe. Vermutlich wird er die Stunden, in denen seine Nudel in deinem Mund zu einer Furie angewachsen ist, in schönster Erinnerung behalten. Ich möchte nur, dass du nicht glaubst, du könntest hier alle Welt mit dieser Marilyn-Monroe-Nummer beeindrucken und dich dann davonstehlen, als wäre nichts passiert."

Sie trat ins Halbdunkel des Flurs und schaute zu den Aufzügen, die keinen Ton von sich gaben. „Meine Dusche ist seit zwei Tagen im Arsch", sagte sie, "eine eiskalte, rostbraune Brühe. Wie sieht's bei dir aus?"

Erica Jongs befreiende Theorien und sein Vertrauen, nach erlahmenden Lendenkräften einen berückenden Sonnenaufgang in gelöster Geisteshaltung in Aussicht gestellt zu bekommen, behagten ihm. „Heiß", stieß er hervor, „sehr heiß!"

Sie duschten und fickten, bis es hell wurde. Nachdem er seinen letzten Samen auf ihrem Bauch abgeschlagen hatte, erzählte sie, dass sie es sonst lieber mit Frauen treibe, doch er war clever genug, es nicht zu glauben und nur eben zu erschöpft, sie mitsamt ihrem Marilyn-Getue aus dem Bett zu treten.

...

„He, Teddy!" rief die Bedienung. „Zeit zum Nachhausegehen." Sie machte mit einem feuchten Lappen ein paar unbedeutende Wischer über die Tische und stellte die Stühle verkehrt herum hoch.

Payson vergrub das kantige Antlitz in seinen riesigen Händen und versuchte, die Augen einen Spalt weit zu öffnen. Sein Gesicht war eine einzige Wunde, jede Berührung ließ es schmerzverzehrt zu einer Grimasse gefrieren. Er mühte sich tapfer, manifeste Gedankenstränge in seine matschige Birne zu bekommen, aber am Ende ließ er den malträtierten Körper entscheiden. Der beschloss, die vergangenen Ereignisse im Schatten vager Erinnerungen zu belassen. „Ist er fort?" fragte er.

„Wer, der Krüppel? ... Vor 'ner Stunde. Hab nicht nachgesehen."

„Er ist ein Moralist", sagte Payson, „ein guter Cop ist er außerdem."

„'n mieser, kleiner Zuhälter", sagte die Bedienung. „Kannst von Glück reden, dass du nichts mitbekommen hast."

„Er hat ein paar Probleme", sagte Payson, „sonst ist er okay."

„Okay ... soso."

„Hab auch mal zu denen gehört. Glaubst du wohl nicht?"

„Willst du mich verarschen?"

„Gar nicht lange her ..."

„Schöne Freunde hast du da. Mich geht's nichts an ... trotzdem."

„Man kann sich's nicht aussuchen."

„Man kann es bleiben lassen."

„Dann bleibt nicht viel."

„Du ... du musst dich um nichts kümmern", sagte die Bedienung, „Geschenke und so'n Zeugs." Sie bohnerte mit einem nassen Wischmopp wie aufgezogen über die knarzenden Dielenbretter. „Neulich erst hatte ich Besuch von Bekannten. Die wollten eigentlich nur fürn Kaffee reinschneien. Aber, was soll ich sagen, dann hängen diese Kegelbrüder abends immer noch überm Küchentisch! Tüchtig beschwipst waren die vielleicht, tja, und enthemmt natürlich auch. Von ihren schalen Herrenwitzen! Genau genommen ist es immer nur verbrauchte Luft, die alle zurücklassen. Vertraute, Freunde, völlig egal. Eine Dampfsauna und eine leergesoffene Hausbar."

„Bist an Weihnachten alleine, was?", fragte Payson.

„Wüsste nicht, was dich das angeht", sagte sie.

Der Schweiß floss in winzigen Bächen an ihren Beinen herunter. Von der gegenüberliegenden Straßenseite flackerte die Leuchtreklame für Michelob Bier ihrem schillernden Ende zu. Wie Peitschenhiebe zuckten die letzten Neonblitze über den dreckvernichtenden Frauenkörper und hinterließen rotblaue Striemen auf dem Kleid. Für Payson machte sie das für Augenblicke zu einer Ikone der Verderbtheit. „Möchtest du mit mir nach Hause kommen?" fragte er müde. „Es wäre auch nicht für immer, versprochen."

„Verpiss dich!", sagte sie. „Es ist geschlossen."

Manchmal war er sich fremd geworden. Er hörte

dann jemand anderen reden, einen Kerl, den er früher an den Haaren in das düsterste Loch einer Ausnüchterungszelle geschleift hätte. In den lichten Momenten seiner Existenz dachte Payson an sein erstes Jahr bei der Kriminalsitte zurück, an den heiteren Mumm, den er einst aufbrachte, um in den Spelunken dem Gesocks, das den gefallenen Mädchen an die Wäsche wollte, an den Kragen zu gehen.

Ferner war ihm das billige Parfüm der Detective-Tippsen in matter Erinnerung geblieben, die inszenierte Arglosigkeit, mit der sie ihre sehnigen Halbfettmargarinekörper hinter aufgeräumten Schreibtischen dekorativ ins Schaufenster zu stellen vermochten. Zwei, drei offene Blusenknöpfe, ein lasziver Augenaufschlag, das Übereinanderschlagen der gebräunten Beine im passenden Augenblick - Payson konnte nicht leugnen, dass er die Automatismen des Lustgewinns vermisste, so wie er den Tag verfluchte, an dem sich sein Leben zu pulverisieren begann. Einen Tag, den es nicht gelang zu extrahieren aus einer Reihe von Tagen, von denen er sich alsbald wünschte, es hätte sie nie gegeben. Zu jener Zeit müssen Bravour und Courage seinen Geist verlassen und eine ruchlose Sittenlosigkeit in einem ansonsten barmherzigen Wesen Einzug gehalten haben.

Der Schnee lag so dünn, dass sich das vereiste Pflaster der Gehwege darunter abzeichnete. Vorsichtig setzte Payson seine Spur durch die Straßen des Slumbezirks, Richtung Lake Point Tower, mit seiner roten Positionsleuchte. Von dort aus hatte man einen imposanten Blick auf die Militäranlagen im Osten, vielmehr auf das, was einem die Geheimhaltung gestattete, einzusehen. Heute blieb das große Schleusentor, hinter dem die U-Boote wie gemästete Delfine in einer Kühlbox lagen, nur für jene kurzen Momente geöffnet, die es einem Schnellboot erlaubten durchzuhuschen.

Irgendwo dort drüben stand jetzt sein Land Rover, etwas außerhalb des Sperrgebietes die alte Auktionshalle, die er sich vorgenommen hatte zu restaurieren, nachdem die Scheidung eingereicht und seine Frau mit einem anderen durchgebrannt war. Für die wirklich wichtigen Aufgaben gab es keine simplen Problemlösungen, selbst wenn Payson es sich anders wünschte und alle ungeknackten Nüsse dieser Welt von einer entfernten Kaimauer aus betrachtete.

Unten am Chicago River, gegenüber Merchandise Markt, wurde ihm neuerlich klar, warum er schrieb und sich dieser großen Sache nicht entziehen konnte. Er spürte, er würde diesem Land noch viele Geschichten zu erzählen haben. Wo aber sollte er anfangen? Hier?

Er vernahm ein leichtes Zittern unter seinen Sohlen, oft ließen die Propeller der Frachtriesen durch

ihre Vibrationen das halben Containerterminal er-
beben. Versonnen hielt Payson seine Nase nun in die
Abgasfahnen verbrannten Öls, die den nostalgischen
Hafenfähren neben der kleinen Zugbrücke entstie-
gen, die er mehrmals täglich überqueren musste. Er
mochte die sehr frühen Morgenstunden, in denen
das alte Quartier wie eine riesige Freilichtbühne an-
mutete, mitsamt ihrer randständigen Protagonisten,
dem infernalen Lärm, der von den Trockendocks
oder sonst woher drang, den jaulenden Hochbahn-
waggons, die seinen Weg mehrmals kreuzten und
deren Lichter an den Wänden tanzten, der Dunkel-
heit, die pure Verzweiflung aussendete.

Die Stelle, an der sie Rosario rausgefischt hatten,
war von der Strömung weitgehend ausgespart geblieben. Payson schaute hinunter zu den vollgesogenen
Baumstämmen, die in der braunen Gischt mit einer
melonengelben Weichspülerflasche und einem toten
Fisch um die Wette hopsten.

Renling hatte ihn belogen. Jedenfalls musste er jetzt
fest daran glauben. Melonengelb, dachte er, das hätte
ihr gestanden. Melonengelb war ihre Farbe.

Über die Kurzgeschichten

In den frühen Kurzgeschichten des Autors aus den Achtzigerjahren scheint bereits auf, was Hergets spätere Dramenstücke originär prägen sollte: Das Böse zeigt in der Widersprüchlichkeit des Personals, der Unschuld ihrer Gedanken und der Banalität der Schauplätze seine hässliche Fratze. Gleichwohl verbergen sich in den lakonischen Betrachtungen eine groteske Schönheit und eine über das doppelbödige Spiel hinausgehende Wahrheit, die tief verstörend nachklingt. Die Ermordung einer Prostituierten zwingt in „Das Geheimnis der Wale" zwei Männer dazu, sich schmerzhaft an die Vergangenheit mit der gemeinsamen Jugendliebe zu erinnern. Ein skurriles Seminarwochenende für angehende Literaten, bizarr-zerschossene Berufsbiografien, Hinweise auf latente Homosexualität und das Traumata einer Querschnittslähmung - tief hat sich das ungelöste Rätsel der verflogenen Ménage-à-trois in die Seelen der schlafwandelnden Figuren eingebrannt, die dem physischen Realismus eines Hemingway ebenso ihre Referenz erweisen wie der zynisch-illusionslosen Metaphorik des Dirty-Harry-Kinos. Payson und Renling lassen die tristen Alltagsroutinen wie ein endzeitliches Gewalt-Ballett auf der Naturbühne eines verfallenen Hafenviertels in Chicago über

93

sich ergehen. Wer hier im elegischen Schmerz eines Betrogenen ertrinkt, der darf letztmalig in der Hauptrolle des gefallenen Engels seine Auferstehung feiern.

Die Kurzgeschichte „Mein Freund Muffin" schildert nicht minder alptraumartig das Wiedersehen zweier Schriftstellergefährten in den frühen Achtzigern, diesmal in New York. Muffin veröffentlicht unter eigenem Namen im Grunde nur noch den Nachlass, den ihm der längst tot geglaubte Schriftsteller B. Traven unter der Wohnungstüre durchschiebt, worauf auch die Gefühlswelt von Muffins Buddy Dash gehörig in Wanken gerät. Zwei Storys also, die an der Glaubwürdigkeitsgrenze der Literatur selbst entlanglaufen, indem sie Fragen nach fiktiven Wahrheiten und wahrhaftigen Fiktionen innerhalb des erzählerischen Kontextes ad absurdum führen - und damit so manch behauptetes Realitätsversprechen des Literaturbetriebs heftig infrage stellen.

Der Prosatext „Das Geheimnis der Wale" entstand in den Jahren 1983 und 1984. Erstveröffentlichung in *„Der Literatur-Bote", 21. Heft, dipa-Verlag, Frankfurt am Main (März 1991), ISSN 0937-8308.* Die Kurzgeschichte „Mein Freund Muffin" datiert von 1986. Erstveröffentlichung in *„Der Literatur-Bo-*

te", 26. Heft, dipa-Verlag, Frankfurt am Main (Juni 1992), ISSN 0937-8308. Beide hier abgedruckten Fassungen orientieren sich an den ursprünglichen Entwürfen der Texte und Autorisierungen des Autors.